徳間文庫

峠道 鷹の見た風景

上田秀人

徳間書店

目次

第一章　養子

一

不機嫌さを露《あら》わにして上杉大炊頭重定《うえすぎおおいのかみしげさだ》が、江戸家老千坂高敦《ちさかたかあつ》を睨《にら》みつけた。

「お勢《せい》が産んだのは男子ぞ。なぜ、吾《わ》が子ができながら、養子をとらねばならぬ」

「すでに約定《やくじょう》はすんでおりますれば」

千坂が、主君を諫《いさ》めた。

「口約束ぞ。まだ、養子を屋敷へ迎えたわけでもない。断るのになんの遠慮がいるものか」

重定がごねた。

「吾が子が、正統な跡継ぎができたのだ。跡継ぎがいなかったときとは状況が変わったのだ。他家から迎えた者を養嫡子《ようちゃくし》としてから廃嫡するより、事前に断ってやるが、親切というものだ」

「殿。大名の約束というのは、それほど軽いものではございませぬ」

苦い顔で千坂が首を振った。

「すでに、日向《ひゅうが》高鍋《たかなべ》藩秋月《あきづき》佐渡守《さどのかみ》さまとの間に話は進み、お届けを出しております。あとは御上のお許しを待つだけでございまする。今さらなかったことになどと言えば、不識庵謙信《ふしきあんけんしん》公以来、篤実で聞こえた上杉家の名前に傷が付きまする」

厳しく千坂が意見をした。

藩主となって十六年、齢《よわい》も四十をこえた重定には跡継ぎとなる男子がいなかった。かつて三代藩主綱勝《つなかつ》が跡継ぎのないまま急死、あやうく家名断絶となりかかった経緯が上杉家にはあった。その恐怖を忘れられない藩の重臣たちは重定へ養子を強要、遠縁にあたる秋月種美《たねみ》の次男松三郎《まつさぶろう》を迎えることとなった。

上杉家と秋月家の間で内々の約束をしたのが、昨宝暦《ほうれき》十年（一七六〇）二月のことであり、その直後に重定の側室勢が懐妊、この宝暦十一年三月、男子を出生した。これが、騒動の始まりであった。

吾が子に跡を継がせたいのは人の情として当たり前である。

「お勢の方さまの実家《さと》は、身分高きとは申せませぬ。対して松三郎さまは四代綱憲《つなのり》さま直系の曾孫《そうそん》であらせられまする」

「余の血筋が劣るとでも申すか」

「松三郎さまには、殿の姫幸《よし》さまをお娶《めあわ》せいたすこととなっておりまする」

千坂が重定の抗弁を封じた。

「幸の婿《むこ》か……ならばいたしかたない」

一応納得した振りをした上杉重定だったが、重臣たちの目にも反発は見えていた。

千坂を下がらせた後、重定は寵臣《ちょうしん》を呼び出した。

「平右衛門《へいえもん》」

「お任せを」

主君の望みを聞かずとも悟らなければ、寵臣とは言えない。

小姓《こしょう》組頭森《もり》平右衛門利真《としざね》が一礼した。

森利真は、与板組《よいたぐみ》二人扶持《ぶち》三石の軽輩の出であった。まだ部屋住であった重定の小姓に選ばれたのが出世の始まり、重定が藩主になるとお側役《そばやく》、小姓組取次、小姓組頭と進み、宝暦十年正月から郡代所頭取を兼ね、家禄《かろく》も三百五十石に増えた。また、身分も与板組から侍組へと進んだ。

これは藩始まって以来の大抜擢《だいばってき》であった。

もともと与板組とは、藩祖上杉景勝《かげかつ》を支え、関ヶ原の合戦の緒を作った直江山 城 守兼続《なおえやましろのかみかねつぐ》の与力であった者のことだ。関ヶ原《せきがはら》敗戦の責を取って、直江家の存続をしなかった兼続に報いるため、景勝が直江の臣たちを藩士に組み入れた。とはいえ、百二十万石を三十万石に減らされるもととなった兼続への風当たりは強く、与板組も家中で白眼視され、一段低い者として扱われてきた。対して侍組は、宿老を輩出する千坂や色部《いろべ》などの侍組分領家《ぶんりょうけ》には及ばないものの、上士として遇される身分である。陪臣が直臣に取り立てられたに等しい。

それほどの寵臣である。重定の参勤に付き従い江戸へ出てきた。

重定の意を受けて、御前を下がった森利真は、ひそかに竹俣当綱《たけまたまさつな》を訪ねた。

竹俣当綱は、森利真とは正反対の名門である。宝暦七年（一七五七）に森利真の重用を危惧《きぐ》し、重定へ諫言《かんげん》したことで怒りを買い、三百石を召し上げられ、謹慎させられていた。

「夜中《やちゅう》なにごとか。貴殿とは、このような刻限に訪ねられるほど親しくはないはずだ」

「家禄を旧に復したいと思われぬか」

嫌悪を表情に出した竹俣当綱へ、森利真が囁《ささや》いた。

「なにを……」

自らを罪に落とした政敵森利真の言葉に、竹俣当綱が戸惑った。

「家中きっての名門が、傷を受けたままというのは、よろしくございますまい」

森利真が続けた。

「このままでは、竹俣家は侍組から抜けられませぬぞ」

「……むう」

竹俣当綱が唸《うな》った。

もともと竹俣家は家中最高位の侍組分領家に属していた。それが、閉門の余波で侍組扱いとなった。これは、謹慎が明けるまでの暫定処置であるが、重定の気分次第では、正式なものとなりかねなかった。格を落とされる。武士としてこれほどの恥はなかった。

「なにをすればいい」

低い声で竹俣当綱が訊《き》いた。

「殿のご意向でござる。和子さまをお世継ぎに」

「千坂や色部を説けと」

「さよう」

上杉きっての名門同士である。通婚も重ねている。千坂も色部も、森利真を相手にしないが、竹俣の意見ならば耳を傾ける。

「閉門の身じゃ。屋敷から出ることはかなわぬ」

竹俣当綱が拒んだ。

「裏門から出られればよい」

あっさりと森利真が言った。

閉門中でも、買いものなどのため裏門を使っての出入りは黙認されていた。

「……………」

ふたたび竹俣当綱が黙った。

「いかがか。表に戻る最後の機会でござるぞ」

森利真が押した。

「わかった。成果は約束できぬ。それでよければ、千坂、色部らに会おう」

竹俣当綱が首肯《しゅこう》した。

「賢明なご判断でござる」

満足そうに森利真がうなずいた。

実質上杉家の上屋敷を支配している森利真の黙認があるとはいえ、閉門中の竹俣当綱が、白昼堂々藩邸をうろつくわけにはいかなかった。夜になるのを待って、竹俣当綱は、千坂高敦の長屋を訪れた。

藩邸のなかに与えられる屋敷は、家老であろうが足軽であろうが、おしなべて長屋と呼ばれた。もちろん身分によってその差は大きく、奉行や家老ともなれば、立派な冠木門《かぶきもん》を備えたものであった。

夜半、竹俣当綱が千坂の門を潜《くぐ》るのを、離れたところから森利真が見ていた。

「侍組分領家などといったところで、そのじつは、吾が身かわいい小者よな」

小さく森利真が笑った。

「まあなんでもよいわ。養子話を潰《つぶ》してくれれば、三百石くらい惜しくもない」

藩主重定の寵愛で出世した森利真にとって、次の当主が誰になるかは大きな問題であった。

寵臣は、代替わりで力を失うのが決まりであった。かつてのように殉死しろとまでいわれることはなくなったが、加増された禄《ろく》の一部を返上し、退隠しなければ、それこそすべてを奪われた。

無理もない。人並みはずれた出世をし、権力を振るった寵臣はねたまれている。庇《ひ》護《ご》してくれる主君がいればこそ、無事なだけで、寵愛してくれた主君がいなくなれば、憎しみを防いでくれる者はいない。

もし、宿老たちが招こうとしている養子が藩主となれば、当然森利真は没落することになる。どころか、命さえ危ないのだ。

対して重定の子が跡継ぎとなれば、まず罪に問われる心配はなくなる。うまくいけば、権をそのまま維持できる。いや、主君の血筋を守った功績で、一層の出世もありえた。

人は一度手にした権を離したくない。

少し考えればわかることだが、千坂らが当主の子ではなく、養子を迎えようというのは、藩政を壟断《ろうだん》している森利真への抵抗なのだ。露骨に森利真が介入しては、宿老たちの反感をいっそう強める。だけではない。松三郎を推薦した藩主一門の最長老ともいえる豊姫《とよひめ》の機嫌を損ねることになる。名門ほど一門衆の発言力は強い。急激な出世で足固めのできていない森利真が、一門を敵に回すのはまずかった。

表だって動けない森利真にとって、竹俣当綱は道具とするにつごうのよい人物であった。

「すんなりと話は運ぶまい。待っていられるほど暇ではない」

森利真が、踵《きびす》を返した。

竹俣当綱の来訪を受けた千坂高敦が驚愕《きょうがく》した。

「よいのか、出歩いたりして」

閉門中に外出したのが知れると、まちがいなく切腹《せっぷく》、改易《かいえき》となる。

「平右衛門がな」

森利真の通称を竹俣当綱が口にした。

「なにっ」

意味を覚った千坂高敦の顔色が変わった。

「きさま……」

「待て、まだ平右衛門に与《くみ》したわけではない。詳細を教えてくれ。なにせ、三年前から閉門を命じられているのだ、事情がまったくわからぬ」

あわてて竹俣当綱が手を振った。

「……よかろう」

千坂高敦が松三郎を養子に迎えることとなった経緯を話した。

「そこまで藩は切迫していたのか」

聞いた竹俣当綱が絶句した。

「もう面目などと言っている場合ではない」

力なく千坂高敦が首を振った。

「しかし、殿はそのことがおわかりではない。いや、お気づきながら、なにもされず、平右衛門に政《まつりごと》を任され、遊興にふけっておられる」

千坂高敦が嘆息した。

「このまま殿のお血筋をいただけば、なにも変えられぬ。いや、平右衛門の力は増し、より悪くなる。もう、血筋のよしあしなどかまっておられぬ。なんとしてでも、殿と平右衛門に繋《つな》がりのないお方を、迎えるしかないのだ」

「それで支侯《しこう》から跡継ぎを迎えられなかったわけか」

竹俣当綱が納得した。

支侯とは、五代藩主吉憲《よしのり》の弟勝周《かっちか》に一万石を分けて作った分家であった。支藩はどうしても本藩の影響を受ける。とくに分家して間もない米沢新田藩《よねざわしんでん》は、金のことを始め、本藩に頼ることが多く、森利真に頭が上がらなかった。

「どうする、当綱」

「決まっておろう。謙信公以来の名門を潰すわけにはいくまい」

厳しい顔で竹俣当綱が言った。

上杉藩には四人の江戸家老がいた。竹俣当綱は、数夜かけてそのすべてを訪れた。

「もう切所《せっしょ》をこえておる」

四人ともが、暗い顔であった。

「…………」

竹俣当綱もなにも言えなかった。江戸家老といえども、藩主重定の寵愛を盾にする森平右衛門利真には勝てなかった。

「迂遠《うえん》な策だが、次代にかけるしかない。もっとも、そこまで藩がもてばの話だが」

江戸家老のなかで、もっとも歳嵩《としかさ》の中条備前親資《なかじょうびぜんちかすけ》が嘆息した。

「平右衛門に膝《ひざ》を屈しても誰もおぬしを笑わぬぞ」

中条備前が付け加えた。

「主家の危難に顔を背けて、なんの分領家」

はっきりと竹俣当綱が否定した。

侍組分領家は、戦国のおり、独立した国人領主《こくじんりょうしゅ》であった者の子孫である。上杉家に与し、その家臣となったとはいえ、名門意識が強く、主君に意見するのが任と考えている者がほとんどであった。

「そのまま伝えるつもりか」

「いかにも。上杉の藩屏《はんぺい》たる分領家の決意を、与板組あがりに見せつけてやりまする」

「潰されるぞ」

「できますまい」

危惧する中条備前へ竹俣当綱が首を振った。

「もし、わたくしへこれ以上の罪を言い渡せば、今回のことを漏らしまする。黙って潰されるほど竹俣の名は安くありませぬ」

強く竹俣当綱が述べた。

閉門中の罪人を出させたのだ。表沙汰《おもてざた》になれば、森利真といえども無傷ではすまなかった。竹俣家は潰されるだろうが、その代償を森利真も支払うことになる。寵臣ゆえ、改易になることはないだろうが、そのまま放置すれば、藩士たちの反感を買う。形式だけとはいえ、謹《つつし》みくらいの罰は与えられる。

謹慎している間に、宿老たちの巻き返しが始まるのは目に見えていた。

「あやつにそれだけの肚《はら》はありますまい」

「肚か」

中条備前が立ちあがった。

「豊姫さまのお手をわずらわせることになるが、上杉のためだ」

黒田《くろだ》家に嫁いだ上杉綱憲の娘豊姫は、藩主重定の大叔母にあたる。上杉の一門で最長老でもある。重定が襁褓《むつき》をしていたころから知っているのだ。重定が唯一頭の上がらない人物であった。

「いざとなれば、豊姫さまにおすがりする。が、まずは、我らの決意を殿に」

「おう」

江戸家老たちがうなずいた。


「反する気か」

顔をそろえた江戸家老たちと千坂高敦ら侍組分領家の面々へ重定が怒った。

「お約束を破られるおつもりか」

中条備前親資が、詰問した。

「約束を交わしたときとは、状況が変わったのだぞ。吾《われ》に子がないゆえ養子をとった。吾が子ができれば、養子は不要である」

重定がくり返す言葉は正論であった。

「豊姫さまとのお話を反故《ほご》になさると」

「うっ。大叔母どのも、わかってくださるはずじゃ」

頭の上がらない一門の名前に、声の勢いを落としながらも重定が抵抗した。

「豊姫さまがお許しになられても、我らは納得いたしませぬ」

千坂高敦が膝を進めた。

「藩主の世継ぎに口を出すなど、臣の分際で僭越《せんえつ》ぞ」

重定が叱《しか》りつけた。

「上杉家には、前例がございまする」

口を開いたのは一門の長尾兵庫景風《ながおひょうごかげかぜ》であった。

「なにっ」

「始祖謙信公の家督相続でござる。あのとき、当時の長尾家の当主は謙信公の兄晴景《はるかげ》さまでございました。しかし、晴景さまでは国もちかねるとして重臣たちが結束し、謙信公へと家督が譲られました。あの故事にならいまする」

「きさまら、余を押しこめる気か」

淡々と言う長尾兵庫に、重定が驚愕した。

押しこめとは、家臣たちが藩主を病気と称して藩邸に閉じこめ、家督を無理矢理譲らせることである。武家の生活が厳しくなった昨今、浪費癖の抜けない藩主の排除に、ままま使われていた。忠義に反した行動だが、武家経済の逼迫《ひっぱく》した今、幕府もやむを得ぬ処置として黙認している。

「わかった」

宿老たちの決意の前に、重定が折れた。が、その恨みは深く残った。

二

出羽米沢《でわよねざわ》上杉十五万石の養子と決まった秋月松三郎は、宝暦元年七月二十日に秋月藩江戸屋敷で生まれた。

父は秋月佐渡守種美、母は正室春姫《はるひめ》である。春姫の母、黒田甲斐守長貞《かいのかみながさだ》の正室豊姫が、上杉家四代藩主綱憲の娘であったことから現藩主重定とは従甥《じゅうせい》の間柄になる。といってもわずか二万七千石の外様小藩の次男にすぎない松三郎が、十五万石の上杉家の養子になれたのには理由があった。

上杉の家老たちの養子探しを聞いた豊姫が、孫の松三郎を推薦したのである。

「松三郎は九歳になったばかりだというに、発明に優れ、孝心深い。遊びも子供らしくなく、本を好む。皆その尋常ならざる才能に驚くばかりである」

豊姫の推薦に上杉家の家老たちは飛びついた。

なぜなら、上杉家は藩としての存続の危機に瀕していたからであった。

上杉家は戦国の雄謙信を祖とする名門である。豊臣秀吉《とよとみひでよし》の天下においては五大老となり、その所領はじつに百二十万石をこえていた。

それが徳川家康《とくがわいえやす》に喧嘩を売ったことで一転した。関ヶ原の合戦で勝ち、天下を手にした家康は、敵対した上杉家を咎《とが》め、九十万石を取りあげたのだ。じつに石高の四分の三を失った。それでも家臣を大切にする家風の上杉家は藩士の召し放ちをしなかった。藩主から下士まで、大幅な減収になったが、それに上杉は耐えた。

腹一杯食べることをあきらめ、襤褸《らんる》を身に纏《まと》う質素倹約な生活に慣れたころ、上杉にさらなる追い討ちがあった。なんと三代藩主綱勝が二十六歳の若さで急死してしまったのだ。

正室だった三代将軍家光《いえみつ》の弟保科正之《ほしなまさゆき》の娘媛姫《はるひめ》が早世していたこともあり、綱勝には、世継ぎがいなかった。舅《しゅうと》保科正之の奔走もあり、なんとか断絶は免れ、甥にあたる吉良上野介義央《きらこうずけのすけよしなか》の子綱憲を養子にすることで藩は存続したが、領地は半知《はんち》の十五万石に減らされた。

もともと寒冷の地である米沢は、米の取れ高が安定しなかった。また、関ヶ原で敵対した外様への嫌がらせである幕府のお手伝い普請《ふしん》も重なり、上杉家の蔵は底をつき、借財で二進《にっち》も三進《さっち》もいかなくなっていた。

そこに、七万五千石以上を損耗《そんもう》した宝暦五年の凶作が、藩財政に止《とど》めを刺した。

「新しい鍋《なべ》を買ったなら、上杉と書いた紙を貼っておけ。金気が抜けてちょうどよくなる」

庶民たちにこう揶揄《やゆ》されるほど、上杉家の窮乏は手の施しようがなかった。

しかし、重定は藩政を顧みず、寵臣森利真に権を与え、己は奢侈《しゃし》な生活を続けた。心ある重臣たちは、なんとかして藩政をたてなおそうと奔走していた。

無駄遣《むだづか》いをする藩主では上杉が保《も》たない。わずか二万七千石の秋月家であれば贅沢《ぜいたく》はしないだろう。

こうして秋月松三郎は、祖母の推薦と上杉家重臣の思惑で養子となることに決まった。

江戸より遠い九州に領地を与えられている秋月家は、参勤交代の費用が藩政を大きく圧迫したため、幕初から貧しかった。

北の上杉のような冷害はないが、台風の被害は多い。宝暦八年の台風では一万三千石以上の田がやられた。これほどではなくとも飢饉《ききん》に近い状況となることも多い。江戸上屋敷の障子が破れても張り替える費用はなく、正室春姫自らが、接《つ》ぎ張りをするほどであった。

さすがに食事の量を減らすところまではいかなかったが、衣服の新調などなく、松三郎の着るものは、兄種茂《たねしげ》のお下がりを春姫が繕って使っていた。

女中とかわらない日常を過ごすことに、春姫は一度もぐちをもらしたことなどなかった。こういった春姫の穏やかな気性は、子供たちにも受け継がれ、障子の破れを修復する手伝いなどを忌避することはなかった。

「松三郎、その紙をこの穴にあてましょうぞ。どのような形がよいかの」

にこやかに微笑《ほほえ》みながら、春姫が言った。

「桜の形はいかがでございましょう、母上」

訊かれた松三郎が答えた。

「そういたそうか。切ってたもれ」

「はい」

松三郎が拙《つたな》い手で鋏《はさみ》を操り、白紙を桜の形に切り抜いた。

「よくできました。長次郎《ちょうじろう》、松三郎から花を受け取って、この糊《のり》で張りやれ」

「やりまする」

母に言われた長次郎がうなずいた。長次郎は松三郎の一つ歳下の弟である。

こういった、貧しいながら、穏やかな毎日が秋月藩江戸上屋敷では送られていた。

しかし、家族そろっての日々は続かなかった。

宝暦九年十二月、やはり親族である肥後《ひご》人吉相良《ひとよしさがら》家の当主が危篤となり、三男長次郎が急養子として秋月の家を出た。

次いで松三郎が上杉藩邸へと移る日が来た。

慶事《けいじ》は午前中、凶事《きょうじ》は午後という武家の慣例に従って、松三郎を上杉家へ迎える行列は、朝五つ半（午前九時ごろ）に、麻布百姓町《あざぶひゃくしょうまち》の秋月藩上屋敷へと到着した。

「上杉家江戸家老千坂高敦にございまする。本日はお日柄もよく、松三郎君《ぎみ》を当家へお迎えするにふさわしき朝と存じまする」

迎えの駕籠《かご》を上屋敷玄関式台の上へ据えて、千坂が口上を述べた。

「ごていねいなご口上承りました。松三郎君、ただいま表書院にて、お別れのご挨拶のさなかでございまする。どうぞ、今しばらくのご猶予を願いまする」

秋月家江戸家老三好善太夫重道《みよしぜんだゆうしげみち》が、出迎えた。

「粗餐《そさん》を用意いたしております。どうぞ」

三好が千坂を客間へと誘った。

表書院では、当主秋月種美、正室春姫、兄種茂が、松三郎との別れを惜しんでいた。

「上杉家は、隠れもなき武門の名家である。小藩のせがれと侮《あなど》られぬよう、精進いたせ」

父種美が、戒めた。

「今日までは弟であるが、明日よりは、吾よりも格の高い上杉の嫡男となる。今後会うときは、吾が下座につく。その意味を考え、振る舞いに気を遣え」

兄種茂が諭した。

「水が変わるのです。身体《からだ》には十分に気を付けるように」

母春姫が、いたわった。

「かたじけなきお言葉、松三郎身にしみましてございまする」

家族それぞれから、心のこもった助言をもらった松三郎が手をついて頭を下げた。

「ただいまより、松三郎は上杉の者となりまする。父上さま、母上さま。今までお育ていただきありがとうございました。兄上さま、長くお慈しみくださいましたこと感謝しておりまする。どうぞ、お健やかにおすごしくださいますよう」

大人びた挨拶を堂々と松三郎が述べ、別れは終わった。

麻生百姓町の秋月家上屋敷から、外桜田《そとさくらだ》御堀《おほり》通りの上杉家上屋敷は近い。

松三郎を乗せた行列は、昼前に上杉藩邸に入った。

「秋月佐渡守種美が次子松三郎にございまする」

新しい父となる上杉大炊頭重定の前に松三郎は一礼した。

「うむ」

重定の声は固かった。

「今日より、そなたは上杉の者となった。名前もあらためよ。直丸《なおまる》と名乗るがよい」

面倒臭そうに重定が言った。

「上杉直丸……」

「余の幼名である」

「畏れ多いことでございまする」

幼名を譲る。これは、子として認めたとの意味であった。松三郎改め直丸は感激した。

「委細は千坂に訊け。下がれ」

「はい」

小さく手を振る重定に、直丸が首肯して親子の初対面は、あっさりと終わった。

直丸に与えられた居室は、上杉家上屋敷ではなく、麻布の中屋敷であった。

中屋敷は、藩主の休息あるいは藩主子女の住居として使われるもので、公邸である上屋敷に比べ、小さく質素な場合が多い。

「中屋敷で、秋月上屋敷の倍か」

直丸は驚いていた。秋月藩の上屋敷の敷地はおよそ五千六百坪、対して上杉藩中屋敷は一万一千坪をこえる。

それ以上に直丸を驚愕させたのが食事であった。

「祝い膳《ぜん》ではないのか」

「いいえ、いつものとおりでございまする」

問う直丸に、世話役の小姓が首を振った。

「三汁五菜……」

一汁二菜が常であった秋月家との差に直丸は息をのんだ。

震える手で、直丸は箸《はし》を伸ばした。

三

世子《せいし》となった直丸に、まず上杉家の歴史がたたきこまれた。

「当家は、藩祖を景勝公といたしておりまするが、景勝公は二代でござって、初代は不識庵謙信公にございまする」

上杉藩で家老の上席として藩政をおこなう奉行《ぶぎょう》職色部政長《まさなが》の嫡子《ちゃくし》弥三郎照長《やさぶろうてるなが》が、直丸へ講義をおこなった。

「不識庵謙信公は、毘沙門天《びしゃもんてん》の顕現《けんげん》として、享禄《きょうろく》三年（一五三〇）に春日山《かすがやま》城でお生まれになり、十九歳で長尾家の家督《かとく》を継がれ……三十二歳で上杉の名跡と関東管領《かんれい》の大任を授けられました。なぜ、越後の守護代に過ぎなかった不識庵謙信公にこれほどの重役が与えられたか。それは、不識庵謙信公が私欲なく大義に生きる方であったからでございまする……」

「…………」

延々と語る弥三郎に直丸は心のなかで嘆息した。

ただ語るだけを聞いているのは、己の機で頁を繰れる読書とは比べものにならないほど辛《つら》い。また、姿勢を少しでも崩したり、気を逸《そ》らしでもすれば、すぐさま叱責《しっせき》の声がとんだ。

「当家の歴史をおろそかになさるか」

弥三郎は、直丸に遠慮しなかった。

「おう、そろそろ昼餉《ひるげ》の刻限《こくげん》でございますな。では、続きはその後に」

膳を捧《ささ》げ持った小姓の姿に気づいて、ようやく弥三郎が話を中断した。

「ご苦労であった」

直丸のねぎらいの言葉を背に、弥三郎が下がっていった。

「不識庵謙信公の事績《じせき》ならば、書物を紐解《ひもと》けば知れる。吾の欲しいのは昔話ではない。上杉家の次期当主として、どうすればいいのかを知りたい」

膳を前に直丸は嘆息した。

「食が進まれませぬか。医師を呼びましょうや」

給仕についていた小姓がうかがった。

「いや。大事ない」

気を取り直して膳に手をつけたが、小食になれていた直丸では食べきれなかった。

「のう。品が多すぎる。次より少し減らせぬか」

「これが当家の決まりでございますれば」

冷たく小姓が首を振った。

実家が貧しく、家臣や女中も少なかったこともあり、直丸はなんでもできるように育てられていた。さすがに自ら水を汲《く》むことはしないが、洗顔も人の手を借りることなくできる。

しかし、上杉家ではそうはいかなかった。

「おすすぎでございまする」

小姓が、すべてにかかわってきた。

「うむ」

直丸は大人しくされるがままであった。

上杉へ来た翌朝、己で洗顔しようとしたのを、小姓に止められた直丸は、そのときに言われた言葉に愕然とした。

「高鍋のような小藩ではいざ知らず、当家では殿さま、若さま、奥方さま、姫さま方にお手を汚していただくようなことは、ございませぬ」

胸を張って小姓が述べた。

「……………」

直丸は黙るしかなかった。

実家のことを言われるのが、直丸にはもっとも辛かった。

「人形だな」

顔を拭《ふ》かれ、髪を結われ、与えられた講義を一日聴くだけ。直丸は覇気をなくしかけていた。

「聡《さと》いと聞いていたがさほどではない」

弥三郎が父色部政長へ言った。

「話は聞いてはいる。質問すれば、的確な答えが返ってくる。だが、まったく自ら問おうとせぬ」

「萎縮しているようじゃ」

色部政長がうなずいた。

「無理もございませぬな。まだ十歳になったばかりでござれば」

「わかっている。育てれば鳳《おおとり》、麒麟《きりん》になるやも知れぬが、若君の成長を待つだけの余裕は、もう我が藩にはないのだ」

弥三郎の言葉に政長が首を振った。

「始めよ、弥三郎。器量の有無を見極めるのだ」

厳しい声で政長が命じた。

宿老たちが直丸の見極めを急いだのには理由があった。

藩中に波風が立ち始めていた。

もともと藩中は二分していた。藩主の寵臣であり、藩の権を握る森平右衛門利真に与し、少しでもよい思いをしようとする現実派と、代々の宿老である千坂や色部たちを中心とする守旧派である。

直丸を養子に迎えることについて、当初はどちらの派も賛成していた。これは重定に子がないことを危惧したためであった。

嗣子《しし》なきは、断絶。

これは幕府の祖法《そほう》であり、徳川家康の四男忠吉《ただよし》の尾張藩が断絶させられたように、例外は認められなかった。もちろん、多少緩和はされ、過去のように有無を言わさず取り潰しにはならなかったが、なにかしらの罰は与えられた。

上杉家は一度、それで痛い目に遭っていた。幸い家名は続いたが、代わりに藩領の半分を召し上げられた。その影響は藩士たちに及び、生活苦に拍車をかけた。

侍というのは、なにも産み出さなかった。農民のように田を耕し米を作るわけでもなく、職人としてものを製造することもない。また、商人として売り買いで利を出すこともできない。ただ、浪費するだけなのだ。

そんな侍たちが収入を増やすには、戦場で勝って領土を増やし、手柄に応じて知行や禄をもらうしかない。しかし、大坂《おおさか》の陣《じん》から百五十年余り、徳川幕府の天下は揺るぎなく、戦場はどこにもなかった。

増収を図れない侍は、泰平《たいへい》による消費増加、物価上昇への対応ができなかった。侍の窮乏は、三代将軍家光のころに始まり、今では、借財のない大名はいないとまでいわれるようになっていた。

当然、新たな仕官《しかん》の話など、天の星を摑《つか》むより難しい。そんなときに上杉は領地半減を喰らった。代を重ね、そのときのことを知る者はもういないが、苦労は受け継がれている。

次になにかあれば、もう終わりである。

藩が潰れれば、いきなり路頭に迷うことになるだけに、上杉藩の家臣たちは、派閥をこえて養子話に乗った。

そこへ、藩主に実子が生まれた。養子の前提が崩れたのだ。

上杉家は数ある大名のなかでも名門であった。始祖不識庵謙信は軍神と讃《たた》えられただけでなく、関東管領という名誉ある役職を室町将軍家から与えられていた。豊臣秀吉の天下では、五大老として百万石をこえる所領を誇っていた。

「そこらの筍《たけのこ》大名とは格が違う」

上杉家の家臣たちは、大きく胸を張っていた。

もっとも、百二十万石から十五万石へと激減した石高のおかげで生活が切迫している現状、名にすがるしか、その矜持《きょうじ》を維持する方法はなかったのである。

当然、血筋へのこだわりも強くなる。

いかに側室の身分が低いといったところで、藩主の実子がいれば、養子は不要と考えて当たり前であった。

これは、藩主の寵愛をその力の源としている現実派だけでなく、守旧派でも同様である。いや、守旧派ほど強い。

己の味方からも不満があがりだしている。千坂たちが焦るのも無理はなかった。

直丸を試す。わざと弥三郎はおもしろくもない話を続けた。

「……ここで直江山城守どのは……」

弥三郎が関ヶ原の合戦前夜の様子を語っていた。

「止めてくれるように」

うんざりとした顔で直丸が弥三郎を制した。

「関ヶ原の合戦のことならば、重々存じておる」

まだ十歳とはいえ、世子である。家老でもない相手にていねいな応対をすることはなかった。

「では、どのようなお話を望まれまするか」

厳しい目つきで弥三郎が訊いた。

「米沢藩のことを知りたい」

「羽州《うしゅう》米沢で十五万石を……」

「そのような上辺のことではない」

話し始めた弥三郎へ直丸が首を振った。

「吾は、物見遊山でここに来たわけではない。藩主となるべくしておるのだ」

直丸がまっすぐに弥三郎を見つめた。

睨むような直丸へ、弥三郎が冷たい目を返した。

「なにをお知りになりたい」

「申したであろう。藩の現況じゃ」

いらだった直丸が、大声を出した。

「お平らに」

興奮する直丸を弥三郎がなだめた。

「外に聞こえまするぞ」

「聞こえて困るような話ではない」

　直丸が言い返した。

「藩主というのは喜怒哀楽をあからさまにしてはなりませぬ」

　穏やかな声で弥三郎が言った。

「藩主が喜べば、歓心を買おうとする者は、同じことをいたしまする。藩主が怒れば、その者は萎縮いたしまする。藩主が悲しめば、家中全体が暗くなりまする。藩主が楽しめば、家臣もそれに倣《なら》いまする」

「そうか……」

　直丸が落ち着こうと深呼吸を繰り返した。

「おわかりいただけたようでございますな」

　弥三郎が微笑んだ。

「さて、当家の真実をお知りになる覚悟はおありでございましょうな」

　表情をもう一度弥三郎が引き締めた。

「覚悟か」

「はい。直丸さまは別にお知りにならなくともよろしいのでございまする。藩主として、政を宿老たちに預け、ただ跡継ぎをつくる。その道を選ぶこともできまする」

確認する直丸へ、弥三郎が述べた。

「実家では、無駄な費《つい》えをなくそうとがんばっておった。その先頭に父は立っていた。そして母は父に尽くしていた。吾もそうありたいと思う」

直丸が決意を口にした。

「よろしゅうございましょう。ならば、お教えいたしまする。今、上杉家の借財は二十万両をこえておりまする」

「……二十万両」

途方もない金額に直丸が息をのんだ。弥三郎から聞かされた上杉家の借財の大きさに、直丸は声さえ出なくなっていた。

「金一両あれば、庶民が一カ月生きていけまする」

「千年以上になるではないか。とてつもない金額であるな」

とても想像の付かないほどの大金であると認識したことで、かえって直丸は落ち着いた。

「直丸さま。二十万両はあくまでも元金《がんきん》でございまする。借りた金《かね》には利が付きまする」

弥三郎が止めを刺した。

「利とはなんぞ」

貧しい藩の出とはいえ、当主の子供なのだ。さすがに金の貸し借りの仕組みまでは知らなかった。

「商人が求めるものはなにかご存じか」

「儲《もう》けであろう。商人は品を売り買いし、その差額で生計をたてておると聞いた」

問われた直丸が答えた。

「金も品なのでござる」

「……金が品。一両小判を売り買いして儲けが出るのか」

直丸が首をかしげた。

「金《かね》の値打ちは変わりませぬ。ただ、金の要る者に貸すことで、儲けを取る。それが利でございまする。金のない者はなにもできませぬ。ゆえに、元金に利をつけて返さねばならぬとわかっていながら、金を借りまする。たとえば、十両借りて一年で十一両にして返すなどでござる」

「一両の差額が、貸した者の儲けか」

「さようでございまする。それが利。当家の借財にも当然利は付いてございまする。おおむね一年で五分。百両借りれば、一年後には百五両にして返さなければなりませぬ」

「五分《ぶ》で二十万両……一年で一万両の利か」

世間知らずとはいえ、それがどれだけの負担かは理解できた。

「返さねば、毎年増えていくのだな」

「はい」

弥三郎がうなずいた。

「借りた金は返さねばならぬ」

直丸が述べた。

「当家の入りはどうなっておる」

「表高《おもてだか》十五万石ではございまするが、そのじつは三十万石ほどございまする」

「倍もあるのか。ならば、なぜ金が足りぬ」

聞いた直丸が首をかしげた。

「入ってくる以上に出て行くのでござる」

「無駄に遣《つか》っておると」

「いいえ。それは訂正していただかなければなりませぬ」

険しい表情で弥三郎が直丸を見た。

「表高の倍あっても、当家が貧しいのは、家臣の数が多いからでございまする」

弥三郎が言った。

「家中総勢五千をこえまする」

「なっ」

直丸が息をのんだ。

一万石で百人というのが、石高と家臣数の目安である。これは表高に合わせるため、米沢上杉の場合一千五百人内外になるのが普通であった。しかし、上杉は、その三倍以上の家臣を抱えていた。これではやっていけるはずもなかった。

「なぜ、こんなことを」

戸惑いを隠せず、直丸が問うた。

「関ヶ原のことはご存じか」

「うむ」

徳川幕府設立のきっかけとなった乱世を締めくくる戦いのことを知らぬ者はいない。関ヶ原の合戦とは、豊臣秀吉の遺児秀頼《ひでより》と徳川家康との間におこった戦《いくさ》であり、その端緒となったのが上杉であった。秀頼を幼君と侮り、専横し始めた家康へ、上杉景勝が反発した。不識庵謙信以来義を重んずる上杉家にとって、主をないがしろにする家康の態度は我慢ならなかったのだ。

しかし、上杉と徳川は戦うことなく終わった。上杉征伐と軍を率いて、家康が大坂を離れた隙《すき》に、石田三成《いしだみつなり》らが挙兵した。秀頼さまをないがしろにする家康除《の》けるべし。大義をあげた三成たちだったが、関ヶ原の合戦で負け、天下は家康のものとなった。天下分け目の戦いに兵を出したわけではないが、家康に敵対した上杉は敗軍となった。

上杉景勝は、家老直江山城守兼続の言を入れ、徳川への恭順を決め、昨日まで同輩であった家康の前に膝を屈した。

おかげで上杉は、もっとも最初に家康へ楯突《たてつ》いた大名であったにもかかわらず、存続が許された。

「関ヶ原のあと、当家は所領を四分の一に減らされました」

百二十万石から三十万石へ。関ヶ原で徳川に刃向かった大名のほとんどが潰されているのに比すれば、家が残っただけましであるが、影響は大きかった。

「余った家臣たちを放逐《ほうちく》する。石高に応じたところまで、侍たちを減らすのが常道《じょうどう》。それを景勝さまはされなかった。徳川に敵すると決めたのは己ゆえ、その責を家臣に負わせるわけにはいかぬと。そのおかげで家臣たちは禄を減らしはしましたが、当家に残ることができたのでございまする」

「ご立派なことだ」

すなおに直丸は感心した。

「それで終われば、まだよろしかった。さらなる不幸が当家を襲いました」

「三代綱勝さまの急逝か」

直丸はすぐに思いあたった。

「さようでございまする。三代綱勝さまは、お世継ぎをもうけられることなく急逝されました」

妹の嫁ぎ先である吉良家を訪れた帰り、急病を発して綱勝が死んだ。

綱勝の岳父《がくふ》保科正之の尽力で上杉家は残されることとなったが、条件がついた。一つが、跡継ぎに綱勝の妹と吉良上野介の間に生まれた男子を迎えること。もう一つが、半知収公《はんちしゅうこう》。十五万石を幕府に奪われた。当日までなんの異常もなかっただけに、吉良が上杉を乗っ取るために毒殺したのではないかと騒がれたほどであった。

「十五万石となりましたが、景勝さまの故事に倣い、このときも家臣召し放ちは為《な》されなかったのでございまする。それだけ当家は家臣を大事にしてまいりました」

弥三郎が胸を張った。

「たいせつなことでございまするぞ。臣は家の礎《いしずえ》。おろそかにしては、国がたちゆきませぬ」

強く弥三郎が念を押した。

「わかっておる」

直丸が賢《さか》しらに答えた。

「けっこうでござる」

満足そうに弥三郎がうなずいた。

「しかし、これだけが当家の財政を圧迫しているわけではございませぬ」

「まだあるのか。それはなんじゃ」

ため息を直丸がついた。

「お手伝い普請《ふしん》でございまする」

「……お手伝い普請とはなんぞ」

直丸が問うた。

「幕府が大名たちに命じる役でございまする。例えば、江戸城石垣の修復、日光街道の整備などで、当家は七年前、寛永寺根本中堂《こんぽんちゅうどう》の修復を命じられましてございまする」

弥三郎が教えた。

「幕府の命ならば、費《つい》えは出るのであろう」

「とんでもございませぬ。お手伝い普請はそのいっさいが命じられた大名の負担となりまする」

とんでもないと弥三郎が首を振った。

「これは大名の金を遣わせ、戦をする力を削ぐためのものでござれば、援助どころか普請の妨害をしてきかねませぬ。人夫が集まらぬよう圧力をかけたりしてまいりまする」

「そのようなことを幕府が……」

「真実《まこと》でござる。とくに当家は幕府に睨まれておりますから、普請の機会も多く、また内容もややこしいものばかりあてられまする」

「関ヶ原か。まだ後を引いておるのか」

直丸があきれた。

「しかし、お断りはできませぬ」

「金がなくとも引き受けねばならぬというわけだな。断れば、上杉は痛い目を見ることとなる」

しっかりと直丸は理解した。

四

参勤で出府した森平右衛門利真は、上屋敷の執務部屋で苦い顔をしていた。

「今日も色部弥三郎が、側におるのか」

「はい。ご進講と称して、昼からずっと」

森よりも少し歳嵩《としかさ》な藩士が、ていねいな言葉遣いで答えた。

「吉田《よしだ》、こちらからも手配できぬか。このままでは、世間知らずな直丸君を宿老どもの思い通りにされてしまう」

「難しゅうございましょう」

吉田が首を振った。吉田は森と同様、下級藩士の出であった。算勘《さんかん》の才を見込まれて、森利真の手で引きあげられたことから、忠誠を誓っていた。

「森さまは、殿にご実子ができられてから、直丸さまご養子に反対されておられますゆえ……」

気兼ねそうに吉田が否定した。

「あるいは、殿にお願いすれば……」

「できぬ。殿は、重臣たちから押しこめをちらつかされて、すっかり気落ちをされている」

吉田の提案を森が拒んだ。

「主君を脅すなど……」

吉田がいきどおった。

「だからといって、放置もできぬ。このままでは、殿の後に我らの居場所がなくなりかねぬ」

すでに幕府への届け出も終わっている。直丸が上杉九代の当主になるのは決まっていた。その直丸が、森利真によって押さえつけられている宿老たちと親しくなれば、藩主になった後、どうなるか、言わずともわかっていた。森は排され、千坂や色部など、侍組分領家と呼ばれる名門が、復権することになる。

「ならば、女を用意いたせ」

森利真が命じた。

上司の指示に吉田が目を剝《む》いた。

「お、女でございまするか。直丸さまは、まだ十歳になられたばかり……」

「だからどうだというのだ」

淡々と森利真が返した。

「男が女を求め、女が男を欲しがるのは、世の理《ことわり》じゃ。とくに男はな、生まれたとたん母を求める。そして長じては女を欲しがる。直丸君は、まだ幼い。今、女は不要であろうが、甘える相手は欲しかろう」

「母代わりでございまするか」

「もちろん、いつまでも母では困る。男を虜《とりこ》にするのは、母ではなく女なのだからな」

確認する吉田へ、森利真が告げた。

「将来の側室を見据えてとなりまするると、女の歳頃が難しゅうございますな」

吉田が腕を組んだ。

「よき娘を手配せい。親元は手厚くしてやる」

「わかりましてございまする」

言われた吉田が首肯した。

森利真が焦るのも当然であった。森利真は、難題を抱えていた。

直丸を養子に迎えた宝暦十一年、米沢藩の財政は崩壊寸前であった。このままでは、藩政を任された森利真の責となり、重定の寵愛を失いかねない状況だった。

「平右衛門、なんとかいたせ」

重定は、寵臣に窮乏を丸投げした。

「ご一任くださいますならば」

念を入れて森利真は動いた。

町人から金を借りる代わりに侍身分を与えたり、家宝を質入れしたり、京の藩邸を売却したりして、金の工面をおこなった。

「なにをするか。重代の宝を売るだけでなく、京屋敷まで……」

宿老たちの怒りを森利真は無視し続けた。それでも財政は好転しなかった。

「役苧《やくそ》を増やせ」

青苧《あおそ》の茎からは、綿など比べものにならないほど丈夫な布が作られる。越後国《えちごのくに》で多く自生していた青苧に、目を付けた戦国の英雄上杉謙信は、青苧座を作り、その生産と流通を管理した。主として上方を相手にした商売は、上杉の戦費を賄《まかな》うほどの儲けを産み出した。

関ヶ原の合戦で敗れ、米沢へ押しこめられた上杉景勝も、青苧を重要な産業として座を設け、保護した。といったところで、そのじつは搾取である。藩は役苧と称し、百姓たちが育てた青苧を適正価格よりはるかに安い値段で一定量を買いあげ、それを相場と同じ値段で売り巨利を得た。

対して、百姓たちが作った青苧を思いのままに売り買いすることを商人苧《しょうにんそ》といった。

当然、商人苧のほうが、百姓たちの利は大きい。しかし、藩の命令というのもあり、百姓たちは年貢の一種として役苧を容認してきた。

森利真は、藩財政の強化を狙って、役苧の量を増やす手段に出た。ついに森利真は禁じ手を打った。米沢特産の青苧、その藩買いあげを増やしたのだ。安い金で藩に青苧を買いあげられた百姓たちはたまらない。日をおかずして、領内で騒動が起こった。

いうまでもなく米沢は、寒冷の地である。山も多く、田畑の実りは悪い。冷害や大雨もあり、安定した収穫を得ることは難しかった。そんな米沢の百姓たちにとって青苧は、命の蔓《つる》であった。どのような場所でも力強く生えてくれる青苧のおかげで、米沢の百姓は生きているといって差し支えない。その蔓に森利真は手を出した。

とくに北条郷《ほうじょうごう》地域が反発した。もともと役苧は置賜《おきたま》を中心に課され、北条には少なかった。北条の青苧は、そのほとんどが商人苧として売られることもあり、品質がよく、評判も高かった。その北条にも森利真は、置賜と同じだけの役苧の上納を命じた。

北条の百姓たちはいきなりの変更に戸惑い、怒り、そして暴発した。

「一大事でござる。北条郷の百姓、商人ども、名を連ねて、役苧新設の御議《おんぎ》の撤廃を願い来たり」

森利真のもとへ、北条郷代官所から急使が届いた。

上杉藩上屋敷は、一揆《いっき》の予感に騒然となった。

つい、十日ほど前の六月二十七日、幕府より直丸を上杉の嫡子とする許しを得たばかりで、藩をあげての祝賀をおこなっていた藩邸の雰囲気は激変、緊張が走った。

「百姓どもの申しようなど聞く耳持たぬ」

森利真が、強気の態度で臨んだ。

「日頃、藩主公のおかげで生きていけておるのだ。その御恩を思えば、多少のことなど辛抱できるはずじゃ」

厳しい対応を代官へ命じる手紙を出した森利真の顔色が変わった。

強攻策への返答は、一揆の拡散であった。置賜郡十一カ村でも一揆が起こった。

大名にとって一揆は、お家騒動と並ぶ鬼門である。いかに領内のこととはいえ、一揆ともなると外へ漏れないわけはない。境を接している大名や天領の代官から、幕府へ報《しら》せが飛ぶのだ。そうなれば、もう隠しようもなくなってしまう。

幕府に睨まれている上杉にとって致命傷となりかねなかった。

「どうする、平右衛門」

藩主上杉重定が、森利真へ問うた。

「ご懸念なく。たかが百姓どもの不満。藩兵を出せば、すぐにおさまりまする」

森利真が、大きく出た。

「早くいたせよ。面倒ごとはごめんじゃ」

重定が丸投げした。

「殿に、要らぬことを吹きこませるな。一揆の話は、すべて吾が申しあげる。よいな」

小姓組は森利真の言いなりである。森利真は、重定を一揆から隔離した。

一揆の話は、色部弥三郎をつうじて直丸にも届いていた。

「なぜ、一揆は起こった」

子細《しさい》を知らない直丸が訊いた。

「無理を押しつけたからでございまする」

弥三郎が身を乗り出した。

「……無理とはなんぞ」

「税を増やしたのでございまする」

弥三郎が説明した。

「待て、たしかに役莩というのは、増やしたようだが、無償で納めさせたのではなかろう」

森利真のやったことを悪行とばかりに言う弥三郎を直丸が制した。

「たしかに藩の決めた価格で買い取っておりまする。しかし、商人莩とは金の高《たか》が違いまする。半分近くに値段を下げられたも同然なのでございまする」

弥三郎がかみ砕いて説明した。

「百姓のことはわかった。ではなぜ、商人が一揆に加わる」

続けて直丸が問うた。

「役莩は、藩の手で奈良や京へ売られまする。すなわち、商人の手を経ないのでございまする」

さりげなく弥三郎が、藩財政の流れの一部を含めた。

「なるほど。売り買いが成りたたず、儲けられなくなったというわけか。商いがなければ商人は生きていけぬゆえの一揆か」

「ご明察でございまする」

弥三郎が褒めた。

「では、若君にお伺いいたしまする。直丸さまなら、どうなさいまするか」

今度は弥三郎が尋ねた。

「簡単なことだ。役苧を止めればいい。もとの状況に戻せば、一揆はおさまるはずだ」

直丸は即答した。

「それはできませぬ」

弥三郎が否定した。

「なぜだ」

首を振った弥三郎に直丸は目をむいた。

「たとえ森平右衛門が独断で出したものであろうとも、藩の名前で布告したことを一揆が起こったからとすぐに廃しては、上杉家の鼎《かなえ》の軽重《けいちょう》が問われまする」

「鼎の軽重……」

「はい。たしかに、取り消すのは簡単でございまする。また、もっとも早い解決策でございましょう。しかし、それをしてしまえば、百姓どもに一揆をやれば、藩が折れると思わせてしまうこととなりまする。それは、後々の治政に禍根《かこん》となりまする」

冷たい声で弥三郎が言った。

正式に上杉の世継ぎとなった直丸である。政は避けて通れなくなっていた。これも藩主になるための教育であり、試練であった。宿老たちにとって、寵臣にすべてを丸投げする重定のような藩主はこりごりなのだ。もちろん、すべてを一人で決めるような専横も困るとはいえ、今よりましと、上杉でも名門の色部弥三郎を進講役として送りこんだのである。青苧騒動は、ちょうどいい試金石であった。

「一揆の要求を飲むなというならば、どうするのだ。兵を出して鎮圧するのか」

「それは下策でございまする。兵を出せば、一揆を潰すのは容易《たやす》うございまする。しかし、百姓を殺せば、田畑を扱う者が減り、年貢の減少に繋がりまする」

「…………」

「それに力で従えた者は、いつか反しまする。力での治は下、納得させてこそ上」

「では、どうせよというのだ」

弥三郎の言葉に、直丸は反発した。

「出した布告を引っ込めるだけの名分を作るのでございまする」

「それでは、吾の言った最初の手立てと変わらぬではないか。一揆の原因となった触れを撤廃するとの」

直丸が弥三郎へと詰め寄った。

「手立ては同じでございまする。しかし、理由が違いまする」

弥三郎がゆっくりと宥《なだ》めるように述べた。

「さきほども申しましたように、政のまちがいを藩主公は認めてはならぬのでございまする。一つ認めれば、すべてを民は疑いまする。藩主公のなさることを疑われては、国が成りたちませぬ。なれど、人である限り、まちがえることはございまする。そのときは、藩主公の名前に傷の付かぬように処理しなければなりませぬ」

「それが、名分だというか」

「はい。布告を退くだけの名分があればよいのでございまする」

弥三郎が首肯した。

「それだけのことで……」

武士が体面を重んじることは、直丸も知っていた。だが、一揆という藩政の一大事よりも優先しなければならないとの理論に、直丸は納得いかなかった。しかし、直丸はようやく政について学びかけた養嫡子でしかない。弥三郎の意見に、反論するだけのものを直丸は持っていなかった。

「しばらく、ご進講はお休みさせていただきまする。どうぞ、この度の始末をよくごらんなさいますように」

戸惑《とまど》っている直丸を残して、弥三郎が去っていった。


一揆への対応は、待ったなしである。ただちに米沢城から、騎乗一人、徒士《かち》と足軽合わせて二十名が派遣された。置賜郡に拡がった一揆を鎮圧するだけの勢力ではないが、足軽は槍《やり》を徒士は太刀を持ち、臨戦態勢を取っている。武力を見せつけることで、脅しをかけ、一揆を解散させるつもりであった。

だが、そのていどで一揆勢がひるむはずもなかった。一揆は、どのような形で治まるにしろ、首謀者の処刑は決まっている。最初から命を賭《か》けている百姓たちの前に、戦う覚悟のできていない藩士たちは、引き下がるしかなかった。

森利真は、重定の寵愛を受けるだけに聡い。逃げ帰ってきた藩士たちの報告を受けて、ただちに手を変えた。

「長引かせては、宿老どもに、つけこませる隙を作る」

今の執政は森利真なのだ。虐げられてきた宿老たちが、森利真に責任を取らせる好機とばかりに動き出しかねなかった。

また、一揆の勃発《ぼっぱつ》を知った幕府老中から、非公式ながら懸念の通達があったのも、拍車をかけた。

森利真は、藩主嫡男の決定と養嫡子直丸と重定の娘幸姫の婚約を祝い、領民にも慶《よろこ》びを分け与えるとして、新たな役苧の布告を取り下げた。

一揆は百姓の望みをかなえ、終息した。

「問題は、誰に責任を取らせるかだな」

政の失敗の責を藩主に押しつけることはできない。普段ならば、執政がその責めを負わなければならなかった。といっても、森利真のような成り上がりには、致命傷になる。

「一揆が始まった北条郷の代官に押しつけるか」

森利真が暗い笑いを浮かべた。

五

青苧騒動の始末で、米沢藩は大いに揺れた。一揆の首謀者たちの処罰をどうするかで意見が割れたのである。

　後始末のため帰国した森利真は、厳罰を主張した。

「一揆の首謀者は、死罪と決まっておりまする。藩は、役亭の拡大を引いたのでござる。そこまで譲歩しては、さらにつけこまれる禍根を残すことになりますぞ」

「今回の一揆は、事情が違う」

　国家老色部政長が反対した。

「決められた年貢を払わぬとした一揆ならば、見せしめのためにも重罪にせねばならぬ。しかし、この度のものは、藩が無理を押しつけたことへの反発じゃ。これに厳罰をもって挑めば、それこそ領内すべてで筵旗《むしろばた》が翻ることになる」

　色部政長が危惧を口にした。

「藩の無理と言われるが、ならば、どうすればよかったのかお聞かせ願いたい。当然、藩庫を潤す策をお持ちなのでござろうな」

「うっ」

　森利真に言われて、色部政長が詰まった。

「代替えの施策もないのに、よくぞ国家老の重責が務まるものだ」

「口が過ぎるぞ、森」

同席していた国元の重職が叱った。

「なにも手を打てなかったのは、そちらでござろう」

一歩も引かずに森が言い返した。

森利真は、色部政長たちが今回の一揆の責任を取らせて、己を藩政から追放しようとしていると気づいていた。黙れば、待っているのは身の破滅であった。

「藩の借金を減らすために、なにかなされたか、ご一同は。新田開発を発案したなどと言われるなよ。すでに領内に開拓できるところがないことなど、童《わらわ》でも知っておりまするぞ」

生き残りをかけて森利真が論を張った。

藩主上杉重定に気に入られるだけの才を持っている森利真に口で勝てる者はいなかった。

「藩が瀬戸際に来ておることくらい、どなたもご理解されているはず。手をこまねいていれば、上杉は借財で倒れまする。役苧を増やすほかに手がござったか」

「…………」

国元の重職たちが沈黙した。

「わたくしごときに、殿が政をお任せになられたのは、なぜか、おわかりか」

「我らが頼りないと言うか」

さすがに色部政長が気色《けしき》ばんだ。

「ご自身がもっともおわかりであろう」

「我らがふがいないのは、認めよう。だが、一揆は藩を危うくする。そのもとを作ったのはおぬしじゃ。その責任は負ってもらう。もちろん、我らも国家老の職を離れる覚悟はしておる」

国家老を十二年勤めた最長老の安田貞広《やすださだひろ》が言った。

「くっ」

自らも身を切るという宿老たちに、森利真が呻《うめ》いた。名門でない森利真は、一度表舞台から退くと復活が難しかった。

「一揆に厳罰を与えぬならば……」

安田が取引を持ちかけた。国元での騒動なのだ。どうしても国家老たちの罪は重くなる。重定の気分次第だが、職を退くだけですむとは限らなかった。

「いたしかたございませぬな。幸姫さまのお慶びごともございまするし」

直丸と幸姫の婚約を理由に森も了承した。

こうして青苧騒動の処罰は、首謀した百姓十人の遠流《おんる》、九人の商人に罰金が科されるだけで終わった。

「百姓どもを抑えられなかった罪を問う」

哀れだったのは一揆の始まりとなった北条郷の代官であった。森利真の八つ当たりを受け、北条郷の代官は、改易、家名断絶となった。

いかに世継ぎとはいえ、まだ十歳の直丸に、一揆騒動の詳しい報告などはなされない。色部弥三郎の進講が中止となったため、直丸は一日書物を読んで過ごしていた。

「若さま」

直丸のもとへ小姓が現れた。

「新しく若さま付となる女中でございまする」

「妙《たえ》と申しまする」

小姓の後ろに控えていた女中が名乗った。

「どういうことか」

直丸が首をかしげた。

まともな武家では、世継ぎの世話は男の仕事である。表と奥の区別があり、女は表に顔を出さないのが慣例であった。

「若君さまは、いまだご元服前。本来ならば上屋敷の奥にてお過ごし願うところを、中屋敷で在していただいておりまする。つきましては、ご不便をおかけしてはならぬと、この者をお遣いくださいますよう」

問われた小姓が答えた。

「別段、不自由は感じておらぬ」

若い女中の登場に、直丸は戸惑っていた。

「身のまわりのことは、今後、この者がいたしまする。では」

直丸の言葉を無視して、小姓が去っていった。

家族以外の女と近く接したことなどない。直丸は困った。

「……そなた、家中の娘か」

二人きりにされた直丸が、気まずさを払うように問うた。

「はい。勘定方一番衆武藤《むとう》小平太《こへいた》の妹にございまする。どうぞ、お側に置いていただけますよう」

すがるような目で妙が直丸を見上げた。

「どうしたというのだ」

直丸は、妙のまなざしに興味を持った。

「…………」

事情を問われた妙が沈黙した。

「吾には言えぬことか」

「……いいえ」

小さく妙が首を振った。

「聞かせよ」

「若君さまのご機嫌を損じれば、吾が家が潰れると兄から」

泣きそうな声で妙が告げた。

「馬鹿な。そのていどのことで、そこまですることはない。上杉は家臣を大事にするのが家風である」

とんでもないことだと直丸は否定した。

「わたくしをお帰しになされませぬか」

まだ不安そうに妙が問うた。

「妙、そなたいくつになる」

「十七歳になりましてございまする」

妙が答えた。

「嫁にはいかぬのか」

「いけぬのでございまする」

「なぜじゃ」

「嫁入りや婚礼の費用がまかなえませぬ」

「ここでも金か」

大きく直丸が嘆息した。

「わたくしの扶持《ふち》が、兄の嫁取りの費えとなりまする」

「……わかった」

直丸は納得するしかなかった。

とはいえ、女中の相手などしたこともない。直丸はいつものようにするしかなく、書見に戻った。

「これは……」

しばらくして、直丸はかすかな香りに気づいた。

「いかがなされましたか」

近づく妙の動きにつれて香りが強くなった。

「……いや。なんでもない」

初めて感じた異性の匂い。直丸は慌ててごまかした。

森利真が、一揆の後始末の報告をするため米沢から江戸へ戻った。

「ご苦労であったな」

上杉重定が寵臣の帰還をねぎらった。

「かたじけなきお言葉」

平伏して森利真が感激を露わにした。

「聞こう」

重定が促した。

「国家老たちの抵抗で、一揆勢に譲ることとなりましてございまする」

処分の甘さを森利真が色部政長らのせいだと告げた。

「そうか。何一つできぬくせに、先祖の功だけで出しゃばりおって」

頰《ほお》をゆがめて重定が怒った。

「…………」

森利真はそれ以上言わず、重定の気持ちが落ち着くのを待った。

「……平右衛門、藩はどうなる」

ひとしきり憤ってから、重定が不安そうに訊いた。

「このままではもちませぬ」

ゆっくりと森利真が首を振った。

「どうすればよい」

「二つ手がございまする」

森利真が重定の顔を見上げた。

「申せ」

「一つは、年貢をあげることでございまする。五公五民を六公四民にできれば、数年は息がつけましょう」

「だめじゃ。また一揆になるぞ」

重定が首を振った。

「となれば、残るはただ一手」

一度森利真が言葉をきった。

「藩士を半分に減らしまする」

「それはできぬ。景勝公以来、上杉家は家臣の放逐をせぬ」

ふたたび重定が拒否した。

「…………」

森利真が、無言で重定を見つめた。

「そんな顔をするな」

寵臣の目に、重定がたじろいだ。

「他の手は……」

「もうわたくしにはございませぬ」

はっきりと森利真が首を振った。

「いま一度役苧を増やせ」

「できませぬ。百姓どもに藩の弱気を見せたのでございまする。今度はいきなり全土で一揆となりましょう」

「色部政長らのせいじゃな」

「…………」

黙って森利真が首肯した。

「政長を謹慎させる。禄も半知にしよう」

「無駄でございまする。色部どのが、去られたところで、侍組は残りまする。侍組全部が、敵」

「侍組を廃せよというか」

重定が問うた。

「戦のない今、千石取りの武将などに意味はありませぬ。十俵で算勘のできる者こそ肝要。殿、先祖の功より、本人の能力でございまする。千石を一つ潰せば、新たに何人有能な者を抱えられまするか」

「少し、考えさせよ」

武家の在り様を否定する森利真の意見に重定が猶予を求めた。


妙のいる生活に直丸は慣れた。書見が終わるころに茶を淹《い》れたり、日の陰り具合に合わせて窓を開け閉めしたりと、頼まずともしてくれる心地よさに、直丸は安らぎを覚え始めていた。

「よりていねいにお仕えいたすよう」

森利真は、さらに二人を近づけるため、直丸の寝所の隣に妙の部屋を移した。

さすがに上屋敷ではできないことだったが、森利真の手の者で占められている中屋敷なればこその手配であった。

これで直丸と妙は、ほぼ四六時中側に居ることとなった。

人というのは、寄り添っていれば、おのずと通じていくものである。

「若君さま」

書見に飽きた直丸の前に、淹れたばかりのほうじ茶が供された。

「すまぬな」

熱い茶を直丸は冷ましながらすすった。

「あまり根《こん》を詰められまするると、お身体に障りまする」

昼餉を終えた後、ずっと書物に没頭している直丸を妙が心配した。

「疲れるほどのことではない」

直丸が首を振った。

森利真は、直丸に要らぬ知識を付けまいと藩政にかかわることを聞かせないようにしていた。しかし、すでに直丸の耳に一揆の話や上杉の借財の多さが色部弥三郎によって吹きこまれている。七歳にしてその聡さに驚かれた直丸である。いずれ、己が嗣ぐ藩のことをどうすればいいか、小さな心で悩んでいた。

といっても、十歳の子供の知識で答えが出るはずもない。直丸は先人の知恵に解決策を求め、書見に没頭していたのであった。

藩士の数を減らすことなく、上杉家の借財をなくす。今までの執政たちが成し遂げられなかった難題に挑もうと無理をし続けた直丸がついに倒れた。

「直丸さま」

異変に最初に気づいたのは妙であった。いつものように書見していた直丸の顔が浮いたように赤くなったのを見て、妙が近づいた。

「ごめんを」

直丸の額に手を当てた妙が、驚愕した。

「ひどい熱」

すぐに藩医が呼ばれた。

「お疲れから来る風寒《ふうかん》でございましょう。煎《せん》じ薬を処方いたしますゆえ、お身体を冷やしてはなりませぬ。お部屋を暖めるように」

藩医はさほど深刻な状態ではないとして、看病を妙に任せた。

「すまぬな」

夜具のなかで直丸が詫《わ》びた。医師の指示通り、いくつもの火鉢を持ちこまれた直丸の部屋は夏のように暑かった。

「水を……汗を拭《ふ》いてくれ」

汗を垂らしながらも、直丸の側でかいがいしく食事や、身体の清拭《せいしき》をしてくれる妙に、直丸は甘えた。

「はい」

直丸の言葉に妙はうなずいた。

「お身体を治されるまで、わたくしが側におりまする。どうぞ、お眠りあそばされますよう」

妙が直丸を優しく押さえつけ、休むようにと言った。

「………」

胸に置かれた手の重みを心地よく感じながら直丸は眠った。


上杉へ来てから初めての熟睡を経て、直丸は目覚めた。

「うん……」

目を開けた直丸は、夜具の側で寝ずの看病を続けてくれている妙に気づいた。

「お目覚めでございますか」

妙が直丸の顔を覗《のぞ》きこんだ。

「ついていてくれたのか」

「はい」

柔らかく妙が微笑んだ。疲れの浮かんだ妙の顔を直丸は美しいと思った。

「そなたも疲れたであろう。下がって休め」

そっと目をそらした直丸が言った。

「いいえ」

妙が拒んだ。

「それでは、そなたが持つまい」

「わたくしごときのことは、お気になさいますな。若さまは、いずれ上杉家五千の家臣を束ねられるお方。御身を大事にしていただきませぬと」

「しかし……」

「若君さま。人にはそれぞれせねばならぬことがございまする。言い換えれば、その者にしかできぬことがございまする」

「吾にしかできぬことだと……」

「はい。そのかわりおできにならぬこともございまする。わたくしにはできて、若さまにはできないこと」

繰り返す直丸へ、妙が続けた。

「御子をお産みになることはおできになりませぬ」

「たしかに……」

直丸はすなおに聞いた。

「この度のことでも同じでございまする。若君さまが一身にご学問をされるのはすばらしきことでございまするが、過ぎては、かえってよろしくございませぬ。今、しなければならぬこと、それをお見抜きになり、いざというときのために力をためておかれなければ、肝心なときに倒れられ、取り返しのつかぬことにもなりましょう」

妙が真剣な表情で、直丸を諭した。

「このとき、若君さまができること、いえ、なさらなければならぬことは、お身体をお休めになること。そして、わたくしにできること、しなければならぬことは、若君さまがお元気になられるまで、お側にあることでございまする」

夜具を直丸にかけ直しながら、妙は続けた。

「もう一つ、しなければならぬことをおこなっている者の邪魔をしてはならぬのでございまする」

妙が優しく夜具の上から、直丸の肩に触れた。

「そうか、邪魔してはならぬのか」

納得して、直丸はもう一度目を閉じた。

六

直丸が病に臥《ふ》していたとき、米沢藩上杉家八代藩主重定が、森利真に何度目になるかわからない藩政改革の諮問をおこなっていた。

「金は手当てできるか」

「難しゅうございまする」

森利真は、首を振った。

いろいろな手を森利真は打っていた。役苧の増加以外にも、新しい金主の募集など、思いつくだけのことをしていた。

しかし、役苧の増加は一揆を引き起こした。

また、蠟《ろう》の専売を従来の御用商人から、歩《ぶ》の良い別の商人へ代えたはいいが、御用商人の怒りを買い、その後の借財を拒まれる結果となり、金策の手段を一つ失っていた。

「そうか。策はないか」

寵臣を下がらせた重定は、ついに無謀な決断をした。

「藩政なりがたく、領地を公儀へとお返しいたしたい。お取り次ぎをお頼みする」

重定は、岳父になる御三家尾張《おわり》徳川宗勝《むねかつ》へと密かに願い出たのである。

今まで政の不始末や、お家騒動、藩主の行状《ぎょうじょう》などで潰された大名は、枚挙に暇《いとま》がないほどあるが、手元不如意に付き返納をと言い出す者はなかった。

「大名としての矜持を失ったか。重定よ」

大きく宗勝が嘆息した。

「どうするか」

娘婿の申し出に、尾張藩主徳川宗勝は困惑した。

馬鹿なことをするなと諫めるのは簡単であった。しかし、ならば金を貸してくれと返ってくるのは確実である。

ご多分に漏れず、尾張藩も困窮していた。御三家として六十万石をこえる所領を持ち、お手伝い普請も免じられているが、そのかわり、御三家としての面目を保たねばならず、江戸での経費が藩政を圧迫していた。また、領内を流れる木曾《きそ》川、長良《ながら》川、揖斐《いび》川の起こす水害の被害もあり、藩政に余裕はまったくなかった。

「一度、老中どもの意見をさりげなく聞いてみるか」

娘の嫁ぎ先である。あまり無下なまねもできなかった。

表沙汰にできることでもない。上杉重定の領地返納願いは、尾張徳川宗勝の預かりとなった。

直丸は三日で回復した。その間、妙は厠《かわや》へ行く以外で直丸の側から離れなかった。

「おめでとうございまする」

床上げした直丸へ、妙が祝を述べた。

「苦労をかけた」

寝ずの看病を続けた妙の髷は乱れ、いくつかの髪が顔にかかっていた。直丸は、白い顔に筋を作る乱れ髪に胸騒ぎを覚えていた。なにより、直丸は病が癒えたため、妙の手が身体より離れてしまったことにたまらないほどの寂寥《せきりょう》を感じていた。

「いえ。当然のことをいたしただけでございまする」

礼を言う直丸へ、妙が恐縮した。

「どうぞ、これからはご無理をなさいませぬよう」

妙が進言した。

「いや。無理は止《や》めぬ」

直丸が拒んだ。

「若君さま」

さっと妙が顔色を変えた。

「そなたは申した。できることをする人の邪魔をするなと。吾は上杉の藩主となる。家臣五千、領民数万の命を預かる。そしてこれは、吾が子を産めぬように、他の者にはできぬのだ」

「……若君さま」

己の言葉で返された妙が詰まった。

「ゆえに吾はできることをする。無理もな」

「それでは、またお倒れに」

妙が心配した。

「そのときは、看病してくれるのであろう」

「えっ」

微笑みながら言う直丸に、妙が目を見張った。

「してくれぬのか」

「とんでもございませぬ」

強く妙が首を振った。

「よろこんでさせていただきまする」

　直丸へ、妙が微笑んだ。

　領地返納。非公式とはいえ、かつてない要望に、老中たちも戸惑った。

「十五万石を収公し、上杉を八千石ほどの旗本にしてやれば、差し引き十四万石以上の儲けとなる。領地の経営さえできぬ愚か者に治められるより、天領となったほうが百姓どもも喜ぼう」

　老中の一人が言った。

「待て。上杉にはかなりの借財があったはずだ。その借財はどうなる」

　別の老中が懸念を表した。

「領地を引き取るとなれば、借財もこちらで始末せねばならなくなるぞ」

「二十万両ほどの借財ならば、立て替えてやっても数年でもとが取れよう」

「前例を作るおつもりか。上杉の借財を肩代わりしてやれば、同じことをしてくれと申し出てくる連中が続々と出てきかねぬ」

　泰平に染まった幕府は、ことなかれを信条とし、前例を重視している。前例のないことをすれば、なにかあったとき己が責任を取らなければならなくなる。

「それはいかぬ。では、この話はなかったことといたそう」

老中たちの意見は決まり、非公式に尾張徳川宗勝へと返された。

「やはりの」

領地の返納など幕藩体制を揺るがしかねない大事である。最初から宗勝は無理だと考えていた。

「米沢の江戸家老をこれへ」

宗勝に呼び出された江戸家老芋川縫殿正令《いもかわぬいどのまさのり》は、あわてて尾張藩上屋敷へと伺候した。

「なにごとでございましょう」

御三家当主の呼び出しに、緊張している芋川縫殿へ、宗勝がことの顚末《てんまつ》を語った。

「な、なんと」

初めて領地返納のことを聞かされた芋川縫殿が絶句した。

「後日あらためて御礼を」

藩邸へ急ぎ戻った芋川縫殿が、家老を始めとする重臣たちを集めた。もちろん、森利真の派に属している者には報せていない。

「馬鹿な。当主自らが家を捨てるなど」

「藩がなくなれば、我ら臣はどうなるのだ」

たちまち非難が飛び交った。

「家臣を大切にするのが当家の家風であったはずだ」

「そうじゃ」

家臣たちが興奮した。

「芋川氏、こうなれば殿を……」

江戸家老格の広居《ひろい》左京《さきょう》清応《きよのり》が、芋川縫殿を見た。藩を捨てようとした危ない重定を座敷牢に閉じこめてはどうかと広居左京が提案した。

「押しこめは遣えぬ」

重く芋川縫殿が首を振った。

今回、老中まで封地《ほうち》返還の話が届いてしまっている。ここで重定を押しこめれば、家臣が動いたと幕府に知られてしまう。幕府も黙認しているとはいえ、忠義を根底から覆す行為には違いないのだ。表沙汰になれば、藩が潰れた。

「では、どうすると」

広居左京が問うた。

「できるだけ早急に、直丸さまにご家督していただく」

「なるほど」

芋川縫殿の言葉に、広居左京が首肯した。

「だが、まだその準備が調っていない。殿の参勤交代もある」

一年ごとに米沢と江戸を藩主は行き来しなければならなかった。

「ことは密かに運ばねばならぬ。知られれば、我らは終わる。まず、殿が米沢へ行かれている間に江戸を、江戸におられる間に米沢を一つにする。そののち、森を排し、そのまま殿に隠居を願う」

策を芋川縫殿が告げた。

手始めに芋川縫殿は、直丸に腹心の藩士を付けた。傅育《ふいく》役と側用人《そばようにん》、部屋住《へやずみ》お側である。

「正式に上杉の跡継ぎになられたのでござれば、当然のこと」

強引に芋川縫殿が押し切った。

「ふん。こちらはすでに女を入れている」

対応が遅いと、森利真が笑った。

「お部屋に女中をお連れになるのはよろしくありませぬ」

部屋住お側となった蓼沼平太《たでぬまへいた》が、妙を直丸から引き離そうとした。

「若君……」

すがるような妙を目でおさえて、直丸が蓼沼平太へ命じた。

「三日、そなた吾の側を務めてみよ」

だが、蓼沼平太は、まったく役に立たなかった。

「白湯《さゆ》を持て」

「灯《あか》りをつけよ」

なにからなにまで直丸に言われなければ、できなかったのだ。

「そなたができるようになるまで、妙は側に置く」

直丸が宣した。

「では、わたくしでご満足いただけるようになれば、この女は」

「下がらせよう」

蓼沼平太の言葉に直丸が同意した。

それ以降、直丸の部屋には、妙と蓼沼平太の二人が詰めた。

直丸がなにを言わなくても、先んじて動く妙に、蓼沼平太の目つきが変わっていくのにときはかからなかった。

「若君のお世話は任せる。ただし、夜の入室は遠慮せい」

長く連れ添った夫婦のように息のあった直丸と妙に蓼沼平太が折れた。

家臣を見捨てた藩主に対し、宿老たちは着々と足下の固めを始めていった。

まず尾張藩主徳川宗勝に頼んで、領地返還の是非にはときがかかるゆえ、しばし待てとの書状を出してもらい、重定がさらなる暴走をしないようにした。

続いて、竹俣当綱が重定のお気に入り侍医藁科松伯《わらしなしょうはく》に師事、謹慎を解かれるように動いた。

「今後は忠勤に励みまする」

竹俣当綱が重定に詫びた。

宿老のなかで重定にすり寄った形となった竹俣当綱は、一年後江戸家老へ出世した。

「江戸での立ち居振る舞い、なにもわかりませぬ。よろしくお引き回しを願いたい」

「お任せいただこう」

森利真が機嫌良く、辞を低くした竹俣当綱のあいさつを受けた。

「名門などといったところで、権の前には弱いものよ」

竹俣当綱が堕《お》ちたことで森利真は、一層横暴を極めた。一門を勝手に出世させたり、藩主重定の周りを腹心で固めたり、森利真は思うがままに藩を動かし始めた。

宝暦十二年（一七六二）、かつての一揆にこりた森利真は領内の状況を把握し、万一のときの抑えとなるよう大庄屋を置いた。数カ村を大庄屋に預け、百姓を監視させた。

そのうえで、森利真は大庄屋たちを管轄する郡代所頭取となって、領内の隅々までを支配した。

百姓たちは、数年前に役荢《やくそ》の増加という圧政をおこなおうとした森利真のことを忘れてはいなかった。

「今度は年貢をあげるつもりか」

大庄屋の新設、森利真の郡代所頭取就任に百姓たちが危惧を感じたのは当然である。

領内にまたぞろ不穏な風が吹き始めた。

「百姓、商人ども落ち着かぬようす」

国元から江戸へと報せが飛んだ。

「機が満ちたか」

森利真への反発が強くなったと読んだ、竹俣当綱がひそかに江戸を発《た》った。

国元に入った竹俣当綱は、江戸家老から国家老へと転じていた芋川縫殿の屋敷に身を潜めた。

米沢藩では、国家老を奉行職《ぶぎょうしょく》と呼び、江戸家老よりも格上としていた。

「猶予はなくなった」

芋川縫殿がけわしい顔をした。

「もう一度一揆が起これば、無事ではすまぬ。減知転封《てんぽう》は避けられまい」

領地返納を拒否したばかりである。幕府もあまり厳しい処断はしないだろうが、無罪放免とはいかなかった。

「改易はされまい。その代わり、十五万石を五万石とかに減らし、さらに実りの悪い地へ移されるだろう」

藩の改易はないと芋川縫殿は踏んでいた。

「今度は、藩士の半分は放逐。残りも半知以上減禄をせねばならぬ」

芋川縫殿が嘆息した。石高の割に藩士の多い上杉家である。すでに藩士の生活はぎりぎりであった。

「それでは生きてはいけませぬな。ならば、今死ぬのも同じ」

決意を竹俣当綱が言った。

「すまぬ」

「いいえ。藩に危機あるとき、身を挺《てい》するのが、譜代の役目。そのために、代々封禄をいただいておるのでございまする」

詫びる芋川縫殿へ、竹俣当綱が首を振った。

「では、あとのことをお願いいたしまする」

一礼した竹俣当綱が、城中二の丸対面所へと移動した。

「急ぎご相談いたしたきことあり」

竹俣当綱は、郡代所頭取として国入りしていた森利真を呼び出した。

「なにごとぞ。このような夜中に。殿になにか急でもあったのか」

江戸家老の急な国入りである。森利真の質問は当然であった。

「上杉家のためじゃ。死ね」

待ち構えていた竹俣当綱が、森利真を脇差《わきざ》しで貫いた。

「なにを……」

堕ちたと油断しきっていた森利真は、竹俣当綱の一刀で即死した。

「森平右衛門利真、分に過ぎたる振る舞いこれ有り」

間髪を容れず、芋川縫殿、千坂高敦ら国家老、竹俣当綱、広居左京、色部典膳《てんぜん》照長ら江戸家老連名の斬奸状《ざんかんじょう》が出された。

「藩主たる余になんの相談もなく、平右衛門を誅《ちゅう》するなど……」

重定が激怒した。

「藩を捨てられようとするお方を主とは申しますまい」

国元で謹慎している竹俣当綱の代わりに、江戸へ出た芋川縫殿が冷たい声で返した。

「な、なにっ……」

重定が絶句した。

「我らが知らぬとお思いで」

前に並んでいた宿老たちが、じっと重定を見上げた。

「もう我らも遠慮はいたしませぬ。殿は、なにもなさいますな」

芋川縫殿が宣した。

「直丸さまのご元服をもって、ご隠居いただきまする」

「……」

寵臣を殺され、すべての宿老に反された重定に反撃の手段はなかった。

宿老たちは、手続きを粛々と進めた。

翌十四年、直丸は十代将軍徳川家治《いえはる》に目通りした。これで重定の一存で直丸を廃することはできなくなった。

十六歳になるのを待って、直丸は元服、家治の偏諱《へんき》をもらって治憲《はるのり》と改名した。と同時に従四位下弾正大弼《だんじょうだいひつ》に叙《じょ》された。弾正大弼は代々上杉家の当主が名乗る官名であり、大炊頭のまま変わっていなかった重定より重い。

幕府も直丸のほうが当主としてふさわしいと考えていると表したのである。

「隠居する」

肩を落とした重定が明和《めいわ》四年（一七六七）四月二十四日隠居、治憲は九代藩主となった。

第二章　家督

一

九代藩主となった上杉治憲は、親戚《しんせき》筋や縁のある諸侯、旗本などへの挨拶《あいさつ》回りを始めた。

「挨拶状だけでよかろう」

「この音物《いんもつ》ばかりは、慣例を踏襲していただきまする」

江戸家老広居左京が倹約を口にした治憲を諫《いさ》めた。

「しかし、この金はどこから出すと言うのだ」

「……借りまする」

ない袖《そで》は振れぬと言う治憲へ、広居左京が頬《ほお》をゆがめた。

「借財で賄《まかな》うのか」

治憲が難しい顔をした。

藩主の交代にはいろいろな儀式が付きものであった。

幕府への届けはもちろんのこと、老中や大目付などの重職へ渡す贈り物から、親戚などへお披露目代わりに配る品物などが要った。

「これらの音物を前例より落とせば、かならず上杉の陰口を生みまする。それは、殿のお名前に傷が付くだけでなく、藩の信用にも痛手となりまする」

広居左京が述べた。

「青苧《あおそ》などの販売価格や、御用商人との金策へ影響が出るというわけか」

聡明な治憲は広居左京の言う意味を理解した。

「ご賢察でございまする」

広居左京が頭を下げた。

「藩のためとあれば、いたしかたないか。それも一代で一度限りのこと。だが、できるだけ費《つい》えは控えてくれるように」

「承知いたしましてございまする」

治憲の言葉に広居左京がうなずいた。

挨拶回りだけが、新藩主の仕事ではなかった。

藩主となれば、月に何度かは江戸城へ登り、将軍家へ目通りをしなければならなかった。藩主といえども江戸城では臣下なのだ。家臣を連れて行くことは許されず、一人でなにもかもをしなければならない。十七歳になったばかりの治憲に、権謀渦巻く江戸城での一日は厳しいものであった。

上杉家の家格は国持ち大名、殿中席《でんちゅうせき》は大広間《おおひろま》である。家督《かとく》と同時に従四位下侍従《じゅしいのげじじゅう》となる。四位となれば、大名のなかでもかなり格は高い。それだけに殿中での耳目も集まる。まして治憲は小藩高鍋から養子に入ったのだ。代々の名門大名たちは、どうしても治憲の出を低く見て、侮《あなど》ろうとする。上杉の名に恥じぬよう、治憲は一挙一動に注意をしなければならなかった。

気苦労を強いられる江戸城での一日を終えて上屋敷へ帰った治憲は、小さく嘆息した。

藩主就任と同時に、治憲は麻布《あざぶ》の中屋敷を出て、外桜田《そとさくらだ》にある上屋敷へと移っていた。

かつて直丸であったころ、仕えていてくれた妙は、森利真の謀殺から一年、残党の処罰がおこなわれたときにいなくなった。兄が森利真に与《くみ》していたため、権を握った宿老たちによって遠ざけられたのであった。

「妙には罪はない」

直丸の援護も、届かなかった。ただ、その献身が認められ、妙は罪に問われはしなかった。とはいえ、直丸の側に居続けることは許されず、減禄《げんろく》された兄の左遷に伴って、芝白金《しばしろかね》の下屋敷へと引っ越していった。

「疲れたの」

小さく嘆息して治憲は背を丸めた。

「どうぞ」

「熱い」

小姓が用意した茶を喫した治憲は一口啜《すす》って茶碗を置いた。藩主となった治憲には、多くの小姓や近習《きんじゅ》がついた。しかし、誰一人として、治憲の好みなどに気を配ってくれる者はいなかった。

藩主の側に仕えることは名誉であり、出世の糸口である。皆、真剣に役目を果たそうとしてはいるが、それは己のためでしかなかった。

「妙も今年で二十四歳。もう嫁に行ったか」

治憲が独りごちた。

藩主になったとはいえ、治憲に力はなかった。

治憲は長年の宿敵であった森利真を排し、重定を藩主の座から降ろし実権を握った宿老たちの御輿《みこし》でしかなかった。

「吾になにも言う力はない」

暗愚であれば、藩主になれたことに喜び、ただ毎日を思うがままに過ごせたであろう。しかし、治憲は己が傀儡《かいらい》でしかないことを理解していた。

ゆえに治憲は妙をもとに戻すようにと命じられなかった。

元服をすませた藩主が、女中を求める。これがなにを表すかくらいは、治憲もわかっていた。妙を側室《そくしつ》にしろとの意味になるのだ。

もちろん、藩主の要望である。それも側室の一人くらいなら、なんの問題もなくかなえられるのが普通であった。しかし、妙は森利真に繫《つな》がっている。妙を治憲の側室にするというのは、森利真に与していた連中の復権を意味する。ようやく宿敵を滅ぼしたばかりの宿老たちが、それを許すはずはなかった。もし、治憲が妙の名前を出せば、危機を覚えた宿老たちがどのような反応をするかわからなかった。妙を国元の寒村で監禁するか、下手《へた》をすれば殺しかねない。

それを止めるだけの力を、今の治憲は持っていなかった。

「待つしかない。だが、いつか取り戻してみせる」

治憲は決意した。

宿老たちは、大きく動き始めていた。

まず竹俣美作《みまさか》当綱が、森利真《の》を除けた功績をもって江戸家老から奉行へと栄転した。米沢藩の政《まつりごと》は、奉行である芋川縫殿、千坂高敦、竹俣美作の合議で進められ、治憲には決定のみが通知されるだけとなった。

治憲は、己の上を過ぎていく政に口を挟まなかった。それだけの力も経験も持っていないとわかっていた。

足らなければ補えばいい。治憲は、一層勉学へと励んだ。

治憲の求めで、新たな師がつけられた。儒学者細井平洲《ほそいへいしゅう》である。尾張知多郡平島村《おわりちたぐんひらしま》の富農細井甚十郎《じんじゅうろう》の次男として生まれた平洲は、幼少より学問に才を見せ、京、長崎などへ遊学ののち、折衷学の大家中西淡淵《なかにしたんえん》に師事した。論よりも実践を重んじる中西淡淵の薫陶《くんとう》を受けた平洲は、宝暦元年（一七五一）江戸へ下向、学塾嚶鳴館《おうめいかん》を開いた。

その嚶鳴館に藩主公侍医である藁科松伯や竹俣当綱が出入りしていた縁で、平洲は治憲の学師として米沢藩へと招かれた。

明和元年（一七六四）、平洲による四書五経《ししょごきょう》の一つ礼記《らいき》の一章である「大学《だいがく》」の講義を受けた治憲は、その理解しやすい平易な解説に感嘆し、その場で弟子入りの礼をとった。

以後、治憲は毎月、一と六のつく日、計六回の講義を受け続けてきた。

「主君には忠《ちゅう》、親には孝《こう》、民には仁《じん》と申しまする。忠孝はわかりまする。ですが、仁があまりに曖昧《あいまい》ではございませぬか」

治憲は問うた。

「仁とは口にしやすく為《な》しがたいものである。藩主公《こう》よ。仁政とはなにかおわかりか」

貴人の名前を直接口にするのは礼に反する。平洲は、治憲のことを弟子ながら公と呼んでいた。

「優しき政でございましょうか」

治憲が答えた。

「優しい……それはなんでござる。民にとってもっとも優しいことは、年貢をなくすことでございましょう。公は、それをなされると」

「それは……」

平洲の追撃に、治憲は詰まった。

年貢は政の基本であった。

どこの大名も、いや幕府も、百姓が作る米をあてにして生きていた。秋の収穫が終わるのを待って、五公五民や四公六民と最初に決められただけの米を年貢として納めさせる。これは、検地によって作られた台帳に基づいて決められるため、豊作凶作にかかわりなく、一定量の収穫が毎年見こまれた。

翌年の政に遣うための年貢である。あらかじめ量が決まっていないと、何一つ計画は立てられない。米を作る百姓にしてみれば、凶作でまったく収穫が望めないときでも、例年どおりの年貢を求められるため、かなり厳しい条件であった。

もっとも豊作であれば、余剰分を確保できるし、天災などであまりに収穫がひどいときは、減免された。

もちろん、運上金や藩特産物の売りあげなども藩庫へ入れられるが、あくまでも年貢米が基本である。

その年貢米をなしにする。それは政を放棄するのも同じであった。

「なしにするのは無理でございまする。藩が成りたちませぬ。それ以上に、藩士たちの生活が潰《つい》えまする」

藩士たちの知行もまた年貢から支払われている。年貢をなくせば、藩士たちが生きていけなくなる。

「年貢はなくせませぬ。しかし、減らすことはできるはずでございまする」

治憲は述べた。

「減らせましょうや」

真剣な表情で平洲が訊《き》いた。

「藩が無駄をなくせば、減らすことはできましょう」

「では、無駄とはなんでございましょう」

質問の意味を平洲が変えた。

「なにより、無駄とはすべての民に共通しておるのでございましょうか」

「えっ……」

重ねられた質問に治憲は戸惑った。

「無駄とは、不要なもののことでございまする」

治憲が述べた。

「不要なものとは、誰に対してでござる」

さらに平洲が迫った。

「それは皆であろう」

「違いまする」

平洲が否定した。

「百姓にとって重要な糞尿《ふんにょう》は、商人にとって不要。武家にとって象徴である刀は、百姓、商人には恐怖の対象」

「立場によって不要なものは変わると言われるか」

「さようでござる」

首肯した平洲が続けた。

「無礼を承知で言わせてもらうならば、藩にとってもっとも不要なものは、武士でございまする。天下泰平のこの世に、戦うしか能のない武家の意義などどこにございましょう」

平洲が告げた。

「…………」

思いきった発言に、治憲が息をのんだ。

「百姓は田を耕し、職人はものを作り、商人は売り買いをして生計を立てております。皆、己の額に汗をしているのでございまする。しかし、武士は違いまする。顔も知らぬ先祖が、戦場で立てた手柄にすがって、何十年、いや、百年以上徒食《としょく》してきた。これほどの無駄がございまするか」

「いや、武家は戦《いくさ》だけでなく、民の上に立つ者として……」

「誰が頼んだのでございまする。百姓が、商人が、武家に導いてくれと願ったのでございまするか」

「………」

治憲に返す言葉はなかった。

「米沢藩の苦境を救うだけならば、家臣を半分、いや三分の一にすればすみましょう」

冷徹に平洲が言い放った。

「それは……」

細井平洲の強い口調に、治憲は息をのんだ。藩士を放逐する。これは上杉で禁句であった。それを平洲はあっさりと口にした。

「公よ。貴方が望むのは、真っ赤に熾《お》こった炭に灰をかけることでござろうか。それとも水をかけられることなのでございましょうや」

平洲の言いたいことは、治憲にもわかった。

「炭に灰をかけるだけなら、精々埃《ほこり》が少し舞う程度。その代わり、ほんの少し風が吹き、被《かぶ》せた灰が剝《は》がれれば、ふたたび炭は赤くなりまする」

「…………」

「対して炭に水をかけるとどうなりまする。激しい音がして、煙があがり、すさまじい埃が立ち、それこそしばし目を覆うこととなりましょう。しかし……」

そこで平洲が、言葉をきった。

「……二度と炭に火が入ることはない」

少し間を空けて平洲が断じた。

「…………」

話し終えたとばかりに、平洲が黙り、治憲を見つめた。答を促しているとわかった治憲は、大きく息を吸って、己を落ち着かせた。

「二度と火を出さぬように、水をかけたい」

治憲は告げた。

「けっこうでござる」

満足そうに平洲がうなずいた。

「しかし、藩士を減らすことだけはできぬ」

「景勝公以来の家訓でございますかな」

平洲は知っていた。

「これぱかりは藩主の意向といえども通りませぬ」

もともと治憲は養子でしかない。譜代の家臣からしてみれば、忠誠を捧げる相手ではない。その養子が、藩士の放逐をするなどと言い出せば、藩をあげての反対となり、それこそ治憲を隠居させかねなかった。なにせ、代わりとなる先代藩主の血を引く子がいるのだ。

「となれば、かなり厳しくなりますな」

小さく平洲が唸《うな》った。

「江戸での費用を倹約する」

治憲が言った。

幕府によって、大名は江戸に屋敷を置かなければならない。屋敷には、あるていどの家臣を配置せねばならぬし、他藩とのつきあいもあり国元のように質素なままでは侮られる。どこの大名でもそうだが、藩の支出の七割は江戸での費用であった。

「難しゅうございましょう」

平洲が首を振った。

「大名の格、面目がそれを許しますまい。とくに軍神上杉謙信公の末ともなれば、石高以上のことをしてのけなければならぬはず。それを崩すなど、宿老の方々がお認めになりますまい。なによりご隠居さまがお許しになりませぬでしょう」

「……無理か」

肩を治憲は落とした。

寵臣《ちょうしん》森利真の死と重臣たちによる藩政奪取で隠居させられた重定だが、上杉嫡流の権威は失っていない。治憲と重定が敵対すれば、藩はまちがいなく二つに割れる。

「しかし、あからさまな無駄にかんしては、それほどの反対も出ますまい。藩政に余裕がないのは、誰もが知っていることでございますれば」

慰めるように平洲が述べた。

「今できることは、そのくらいか」

「でございましょう。国元の状況を確認しないことには、動けませぬ。水の引けない山地に新田をもうけるようなことになりまする」

平洲の学問は実地をなにより大切にする。机上の空論を何より戒めていた。

「わかった」

首肯した治憲は、まず江戸での藩主掛かりを最初に減額した。

上杉家の藩主掛かりは一年で千五百両とされていた。これには、藩主の衣服、副食費、遊興費などが含まれた。それを治憲は、二百両ですませるように指示した。

もちろん、大きな反発が出た。

「上杉家の当主としての格が保てませぬ」

用人、台所頭、小納戸《こなんど》が悲鳴をあげた。

「ご隠居さまのお掛かりをどうすれば」

重定付きの家臣たちが困惑した。先代藩主といえ、隠居してしまえば当主に遠慮しなければならないのだ。

「ご隠居さまのお掛かりは、できるだけ抑えるということでよい」

治憲は、重定の生活に枠をはめなかった。養子という遠慮と、儒教による孝行の理念からであった。

「女中の不足が出たならば、新規に雇わず、上屋敷の奥から回せ」

さらに治憲は命じた。幸姫との婚姻は決まっているが、いまだ正式な夫婦とはなっていない。いわば治憲は独り身である。また、側室も抱えていない。治憲が上屋敷の奥へ足を運ぶことは皆無であった。それでも奥には、重定のころから藩主付きとして五十名の女中がいた。それを治憲は人手の足りないところへと回した。

女中は嫁にいったり、身体を壊したりで、減る。毎年、その足りなくなった分を新たに補っていたが、それを治憲は止めた。女中の俸給など安いものだが、多人数となればちょっとした金額になった。また、人を雇うというのは俸給以外にも、いろいろ雑費がかかる。茶も飲めば、落とし紙も使う。それらを合わせれば無視できない金額になった。

治憲の生活は一変した。食事は三度とも一汁一菜とし、衣服の新調も止めた。親戚筋とのつきあいも最低限に縮小した。

「やはり小身者《しょうしんもの》に上杉の名は重すぎたか」

たちまち、治憲を侮る声が藩の内外に出た。しかし、治憲はいっさい気にしなかった。

二

「やるべきことを為している人のじゃまをしてはならぬか」

いろいろな手で、治憲の考えを変えようと宿老たちが動き出していた。治憲は、それに対して、抵抗した。

「それはどなたの言葉でございましょう」

治憲の独り言を平洲が聞きとがめた。

「いや、誰というほどの者ではない」

妙の顔を思い出していた治憲が、あわてた。

「さようでございますか。なかなか佳《よ》き言葉だと思いまする」

平洲が褒めた。

「そうか」

吾《わ》がことのように、治憲は喜んだ。

「他にはなにを、その方から聞かれました」

「できぬことをしようとするなであったか」

言いながら治憲は、妙の柔らかい微笑《ほほえ》みを見たいと心から願った。

「至言でござるな。よほど先人の寝言よりましでございまする」

大きく平洲が感心した。

「それを公はなされている」

「そのつもりである」

強く治憲は首肯した。

「倹約をいたせ」

藩主自ら率先しているだけに、家臣たちも従わざるをえなかった。

もっとも貧しさで人後に落ちない米沢藩である。家臣たちの倹約は微々たるものであったが、徐々に浸透していった。

「わたくしも進講を受けさせていただきたく」

竹俣当綱が、細井平洲の講義を聴講したいと願い出た。

明和二年（一七六五）七月、森利真刺殺の罪を不問とされた竹俣当綱は、そのわずか四カ月後に江戸家老へと出世していた。

「殿のお考えこそ、上杉を救いまする」

竹俣当綱は、治憲の姿勢に敬意を表した。

「頼むぞ」

小姓や近習など、身近で接する者たち以外の味方の登場に治憲は喜んだ。

藩主に就任して四カ月、治憲は密《ひそ》かに近臣を国元へ向かわせ、上杉謙信を祀《まつ》る春日《かすが》神社に誓詞を奉納した。

一、文学壁書之通無怠慢相務可申候

一、武術右同断

一、民之父母之語家督之砌歌ニモ詠候ヘハ此事第一思惟可仕事

一、居上不驕則不危又恵而不費ト有之候語日夜相忘間敷候
一、言行不斉賞罰不正不順無礼無之様慎可申候

以上の五箇条を治憲は始祖である上杉謙信の霊に誓った。

九月、無事奉納が終わったとの報告を受けた治憲は、家中に対し大倹約令を発布した。

上杉家代々当主が毎月おこなっていた稲荷堂での護摩を初午祭礼のときだけにする他、大般若経《だいはんにゃきょう》の執行を無期限で停止、食事は一汁一菜にかぎり、衣服は木綿ものだけとする。また、参勤交代の行列の人数を減らし、親戚や縁者への音物はいっさい停止することなど、祭祀から行事、個々の生活、藩の外聞にかかわることまで、治憲は十二箇条にわたって厳しい倹約を命じた。

「なにを言われるか」

治憲の考えに染まりつつあった江戸屋敷は整然と受け止めたが、遠く離れた国元の反応は、悪かった。

「奉行たる我々に、いっさいのご相談もなく、これらのことを決めるなど」

国家老の芋川縫殿を始めとする執政たちは怒った。

「江戸の軽輩どもが、殿のご機嫌取りに走りおって」

重定を廃するのに手を組んだ譜代名門たちは、危機が去ったことで、ふたたび分裂し、権力の奪い合いを始めていた。

大倹約令という大鉈《おおなた》を振るった治憲に、驚いた国元の重臣たちだったが、江戸と米沢に離れていては、話もまともにできない。

「できるだけ早いお国入りを」

芋川縫殿ら宿老たちは、治憲の米沢入りを願った。

といっても新藩主初の国入りは幕府の許しが要り、自儘《じまま》にはできなかった。

国元の焦りは、江戸の藩主側近への憎しみへと変化していった。

もちろん、江戸詰め藩士のすべてが倹約に賛成したわけではなかった。

江戸藩邸に詰めている留守居《るすい》役たちが強く撤回を求めた。

「他家とのつきあいはまだしも、幕府重職との縁を細くするのは、よくありませぬ」

留守居役とは、藩の外交を担当する。他藩とのつきあいもするが、その主は幕府重職との顔つなぎである。飯を喰わせ、酒を飲ませて、交流を深め、お手伝い普請などを命じられぬように手を打つのだ。

いわば接待が仕事で、金を湯水のように使うのも留守居役の任であった。

「藩一致して、大倹約に努めねばならぬときである。留守居役だけを特別扱いにするわけにはいかぬ」

竹俣当綱が拒んだ。

「よろしくないな」

断られた留守居役たちが苦い顔をした。

急激に接待を減らした米沢藩へ、あちこちの要路から酒席の要求が出ていた。しかし、金がなければ、応じられない。

「当家だけが置き去りにされてしまう。お手伝い普請があるかどうかさえ、わからぬ」

つきあいが深いほど、いろいろな話を事前に教えてもらえる。留守居役の財産ともいうべき、老中や勘定奉行などの要路とのかかわりが、倹約で途切れかけていた。

そのうえ、大倹約が始まる前、かねてから体調不良を申したてていた前藩主重定が国元へ帰っていた。はでに藩庫の金を遣った重定は、尾張藩主徳川宗勝の娘婿というだけでなく、幕閣要人とのつきあいもあり、米沢藩の顔として知られていた。留守居役以上に顔の利いた重定が六月二十一日、江戸を去っていた。

「まずい」

また、隠居した大名は、一種の人質でもあった。その人質が江戸を離れる。家を継いだばかりで、まだ婚姻もせず、子もいない治憲である。人質にできる人物がいなかった。人質がいなければ、藩主は江戸を離れられない。治憲の米沢入りには、当分幕府の認可がおりなくなった。

重定がいなくなり、米沢藩と幕府を繋ぐ大きな糸が切れた。そこに倹約である。留守居役たちの顔色が悪くなるのも当然であった。

幕府との関係が薄くなった影響は、十一月に出た。

徳川家の菩提寺増上寺《ぞうじょうじ》火防役が治憲へ命じられた。これは方々火消しと呼ばれ、江戸城西の丸や紅葉山《もみじやま》など十一に別れているうちの一つであった。

任にある間は、火消し人足をそろえなければならない。人を雇えば扶持《ふち》が要り、住居も用意しなければならなくなる。治憲が減らした藩主掛かりの差額は、あっさりと吹き飛んだ。

治憲が藩主となった明和四年は、波乱のうちに終わった。

そして、翌年も治憲国入りの許可は出なかった。

国元の不満を知りながらも、治憲は登用した若い藩士たち中心に、倹約令を推し進めた。

もちろん治憲の政への反発を行動で表す者もいた。

「重代の格を維持するのも宿老の任」

郷村頭取から江戸家老となった須田伊豆満主《すだいずみつたけ》が、木綿ものを着るべしとの倹約令に従わず、縮緬《ちりめん》の羽織を着用し続けたり、

「御用務めかねまする」

奉行芋川縫殿が辞任を申し出たりした。

が、治憲は意志を変えなかった。

「一日でも早く国入りしてもらわぬと、江戸の近習どもが新しい森利真になりかねぬ」

藩主就任から二年、強硬な治憲に国元の奉行たちの焦りは強くなっていった。だが、鳩首《きゅうしゅ》しても、治憲の国入りを促す案は出なかった。

「簡単なことだ。幸と婚姻をさせればいい。さすれば、幸は正室となる。人質として十分であろう」

奉行たちの相談を受けた重定が述べた。

「妙手でございまする」

感嘆した国家老たちが、急使を江戸へと送った。

しかし、江戸では国元の使者を迎えるどころの話ではなくなっていた。

米沢藩江戸家老須田伊豆が、老中松平右京太夫輝高《うきょうたゆうてるたか》の屋敷へと呼び出された。

「思し召しにより、上杉弾正大弼へ西の丸ご普請の手伝いを命じる」

松平右京太夫が告げた。

「西の丸お手伝い普請でございまするか」

須田伊豆が息をのんだ。

「お廓内《くるわうち》の普請は、名誉なことであるぞ」

戸惑う須田伊豆へ、松平右京太夫が押し被せるように言った。

西の丸は江戸城の一部で、将軍世継ぎ、あるいは隠居した前将軍の住居として使われる。江戸城のなかでも本丸に続いて重要な場所であり、そこの普請を命じられるのは、幕府から信頼されているとの証《あかし》でもあった。

「かたじけなく存じあげまする」

無理矢理押し付けられた普請ではあるが、名誉なのだ。須田伊豆は平伏して受けた。

「西の丸普請……」

「寛永寺の修復のほうが、ましじゃ」

報告を受けた米沢藩勘定方が蒼白《そうはく》になった。

勘定方が慌てるのも当然であった。江戸城の普請なのだ。使用する材料はもちろん、職人たちの腕も最高のものを用意しなければならない。かかる費用は、普通のお手伝い普請の倍以上になる。

「金が足らぬ」

倹約を始めたとはいえ、まだ日は浅いうえに、国元はしたがっていない。とてもお手伝い普請の費用など出なかった。

「あらたに借財するしかないか」

報告を受けた治憲が、大きく嘆息した。

問題は金だけでおさまらなかった。

「我らの職務なりがたく、お役をご免いただきたい」

留守居役たちが不満を爆発させ、それに江戸家老須田伊豆が便乗した。

「目先に踊らされるは、君の器たらず」

須田伊豆が治憲を非難した。

治憲が藩主になって最初の試練であった。

「今、公のなすことは、なんであるか」

悄然《しょうぜん》とする治憲を、細井平洲が叱《しか》った。

「大倹約令が失敗だと後悔されたいのなら、お手伝い普請を終えられてからになされ」

「そうであった」

治憲は、須田伊豆らの反発を抑える努力をやめ、借財の手配を優先した。

「全額というわけには参りませぬが、幾ばくかはご用意いたしましょう」

江戸の豪商三谷三九郎《みたにさんくろう》が、引き受けてくれた。

三谷三九郎は、森利真によって蠟《ろう》の専売権を取りあげられ、米沢藩とのつきあいを停止していた。それを竹俣当綱の努力で、なんとかもとに復していた。

しかし、いかに豪商とはいえ、一軒でお手伝い普請の金を賄うことはできなかった。

「国元にも借財を頼まねばなりませぬ。しかし、すでに借りるだけ借りており、なかなかに難しゅうございまする」

「余が直接頼む」

悩む勘定方へ、治憲が告げた。藩主のお声掛かりとなれば、城下の商人たちも拒みにくくなる。

治憲は国入りを決断した。

「幸姫との婚儀を」

急ぎ治憲は幕府へ婚姻の許しを願った。幸姫との婚儀は、もともと治憲が上杉の藩主となる条件であった。

多少の根回しの手間と費用はかかったが、治憲と幸姫の婚姻の許可は下りた。

明和六年（一七六九）八月二十三日、治憲と幸姫の婚礼がおこなわれることとなった。

治憲の養子縁組、元服、家督相続がすんだのに、婚礼だけがなされていなかったのにはわけがあった。

治憲より二歳下の幸姫は、十七歳になりながら、身体精神の発育が遅く、まだ幼児と変わらなかったのだ。

大名の婚礼は、三日三晩かかる。

「幸が、耐えられまい」

治憲は幸姫と何度か会った経験から、その体力と集中力が乏しいことを覚っていた。

幸い、治憲は婿入りである。通常ならある嫁の父母別れの儀、嫁入りの儀をしなくていい。治憲の実家である秋月家への挨拶はしなければならないが、これは治憲一人でもすませられた。

また武家の婚礼は、夜に婿と花嫁、それに介添え役の侍上臈《さむらいじょうろう》という進行役だけでおこなわれるのが決まりである。

治憲は幸姫の身体を気遣い、異例を押し通して、婚礼を一日だけで終わらせた。これには、宿老たちも反対しなかった。

「ねえ」

いつもと違った衣装を着せられた幸姫が、不安げな顔で隣に座る治憲を見た。

「盃《さかずき》ごとでございまする。ここに酒を……」

やさしく、治憲は幸姫に教えた。

「きれい」

最後まで聞かず、幸姫が朱塗りの盃を手のひらでもてあそんだ。

「殿……」

三三九度の酒を注ごうとした侍上臈が戸惑った。

「よい。幸の好きにさせてやれ」

治憲は、己だけが固めの盃を口にした。

「初夜ごとはいかがいたしましょう」

「幸の隣に余の夜具をもて」

「……よろしいので」

侍上臈が確認した。

ようやく身の丈《たけ》が三尺（約九十センチメートル）あるかという幸姫である。とても男女の閨《ねや》ごとなどできるはずもなかった。

「添い寝くらいは余でもできよう。安心いたせ。幸には無体《むたい》をしかけぬ」

侍上臈の心配を理解した治憲は苦笑した。

儀式に疲れ熟睡する幸姫の隣で、治憲はまんじりともせず、初夜を過ごした。これが、治憲の負担を増やした。

生まれてこの方男と触れあったことのない幸姫が、物珍しさからか治憲を手放そうとしないのだ。

治憲もできるだけ幸姫の相手をした。かるた取り、人形ごとなど幸姫のしたがる遊びに興じもした。しかし、お飾りから脱しようと動き始めた治憲は、いつまでも幼い妻の面倒を見ているわけにはいかなかった。

「夕刻には戻りますゆえ」

ぐずる幸姫を奥の女中たちに任せ、治憲は表へ戻った。

「早速ではございますが」

表御殿へ入った治憲に側役隆旗忠陽《たかはたただひろ》が、政の書付を差し出した。

隆旗は、蓼沼平太が五十騎三十人頭へ転じていった後を受けて側役となった。まだ若いが、切れ者として知られていた。

「これで全額か」

治憲が問うた。

「いえ、最終の決算は、幕府の確認が出てからとなりまする。おおむねの概算だとお考えいただければ」

確認する治憲へ、隆旗が答えた。

「三万両をこえておるぞ」

幕府西の丸お手伝い普請の費用の多さに、治憲は驚愕《きょうがく》した。

米沢藩の表高は十五万石だが、その実高は三十万石近かった。それに役荢《やくそ》の儲《もう》け、各種の運上金などを合わせた収入から、藩士の知行、扶持米などを差し引きした残りは、三万両を少しこえるていどである。それで藩主の生活、江戸での経費、城の維持や、領内の整備、借財の利子返済などをすませなければならない。二十万両の利子だけで、年間一万両以上が消えてしまう。実質一万両で十五万石の政を切り盛りしているところに、三万両という不意の出費である。治憲の考えていた藩政改革はさらに後退を余儀なくされた。

しかし、治憲に落胆している暇《いとま》は与えられなかった。

お手伝い普請で、財政は悪化する。そのうえ、お手伝い普請を命じられたのは、治憲が留守居役の経費を削減したからだと宿老たちの反発も強くなっていた。

「小藩とは違いまする。殿はまだ米沢へ来られて九年にしかなられませぬ。今しばらく、勉学にお励みいただき、その間の政は、我ら家老にお任せを」

江戸家老須田伊豆が、治憲を好機とばかりに押さえつけようとした。

「たしかに余が世間を知らなかったことは認めざるを得ぬ。だが、このままでは遠からず、藩の行く末は閉ざされる」

治憲は退けなかった。もし、治憲がここで宿老たちに屈すれば、治憲の大倹約令に賛同し、動いている若い家臣や下級の藩士たちへ被害が及ぶ。

森利真に与していた者たちが、その死とともに、放逐、あるいは降格された。それを治憲は妙をつうじて目の当たりにした。

まだ若い治憲の理想に、藩を立て直す大約令のために、辛《つら》い思いをしてくれている家臣たちを見捨てるわけにはいかなかった。

須田伊豆の圧迫に治憲は耐えた。もう、己の前から知った顔が消えるのは嫌だった。

「前例だけで、どうにかできるというなら、やってみよ」

治憲は須田伊豆へ言った。

「ただし、その責はすべて負うのだ。藩政を立て直せれば、家禄を倍にしてやる。その代わり、失敗は森利真と同じ末路を覚悟せい」

「ならば殿は、失政の責をどう取られる」

「家が潰《つぶ》れて、藩主が無事でおられるわけなかろう」

須田伊豆の反論に、治憲は言い返した。


覚悟を見せつけた治憲だったが、宿老たちの侮りは変わらなかった。

藩の収入はそのほぼすべてを国元に頼っている。国元から金を送ってもらわなければ、江戸はなにもできない。その国元を握る奉行たちが、治憲への反発を煽《あお》っていた。

「早く国元へ行かねばならぬ」

治憲は焦った。

婚姻をなしたことで、正室となった幸姫は、幕府への証人《しょうにん》、人質として十分な要件を満たした。

それだけではまだ治憲の国入りは許されなかった。

お手伝い普請が終わっていないからである。お手伝い普請は、幕府の命である。それを放り出して、藩主が帰国するなど論外である。

じりじりしながら治憲はお手伝い普請が終わるのを待った。

十月九日、ようやく幕府老中松平右近将監武元《まつだいらうこんしょうげんたけちか》から、西丸お手伝い普請検分成就の報《しら》せが来た。

「国入りの許しを求めよ」

翌日、治憲は留守居役を松平右近将監のもとへやった。根回しをすませた十一日、米沢藩から正式なお暇願いが出された。

「上様よりの下されものである」

十三日、田沼主殿頭意次《たぬまとのものかみおきつぐ》が、国入りの許可とともに、将軍家治からの賜りものを持って上屋敷へと来た。

「かたじけなく」

これで国入りの手続きは終わった。

「急げ」

治憲の言葉に従って、江戸藩邸が動き、十九日には出立となった。

「国元まで行ってきまする。なにか、お土産を買って参りましょう」

前夜、いつものように夕餉《ゆうげ》を共にした治憲は、幸姫の癇《かん》に障《さわ》らぬよう、微笑みを浮かべたまま告げた。

「国入り……」

幸姫が首をかしげた。

翌日、幸姫がまだ起きぬ間に、治憲は江戸藩邸を発《た》った。

三

小山《おやま》、宇都宮、大田原、白河、郡山《こおりやま》、板谷《いたや》と泊まりを重ねた治憲が、米沢藩の藩境をこえたのは、二十七日の昼であった。

藩境の板谷峠では、初入部《はつにゅうぶ》の吉例として、猿回しがおこなわれた。

猿は馬の守護神として、平安の昔から崇《あが》められてきた。騎馬を使った戦を得意とする上杉家ではその故事になぞらえ、慶びごとのたびに猿回しをおこなってきた。

猿回し以外にも、初入部には儀式があった。

国元の藩士たちが、板谷峠から米沢城まで、要所要所に立ち、治憲を出迎えるのだ。

猿回しの見物以降、駕籠の扉を開け放った治憲は、礼をする藩士たちへ応えながら、ゆっくりと城へ向かった。

宿老たちは城内で目見えするため、この街道筋にはいない。膝《ひざ》をついていてくれるのは、主として中級から下級の藩士たちであった。食禄が百石に満たない軽輩たちの生活は厳しい。身につけている衣類も藩主の目に入るとわかっていながら、粗末なものであった。

「…………」

疲れ果てたような表情のない藩士たちに治憲はかける言葉をもたなかった。

一日休養した翌日、不識庵謙信公らの祖霊へ礼拝をおこなった治憲は、続いて新築された重定の隠居所である西の丸御殿へ、国入りの挨拶に出向いた。

重定の好みを反映した西の丸御殿は、豪奢《ごうしゃ》な作りであった。もっとも、この御殿の建築は重定が藩主のときに決めたもので、治憲はかかわっていなかった。だが、その費用のほとんどを借財で賄ったため、支払いの責は治憲に回ってきていた。

「義父上《ちちうえ》。上様のお許しをもって、米沢へ入部いたしましてございまする」

「無事に到着のこと、祝着至極に存ずる」

治憲の口上に、重定が祝いを述べた。

養子に来て九年になるが、治憲と重定が接した回数は少ない。いや、ほとんど話などしたことがなかった。

「幸は元気にしておるか」

「はい。国入りの土産を楽しみにしておりまする」

重定に問われて、治憲が微笑んだ。

「そうか……」

辛そうな顔を重定がした。

「哀れな娘じゃ。慈《いつく》しんでやってくれ」

「ご安心を。吾が妻のことなれば、共白髪となりますまで、愛《いと》おしみまする」

父親の顔をした重定へ、治憲が強くうなずいた。

「…………」

無言で重定が茶を口にした。

しばし、二人の間に静寂が満ちた。

「義父上。お願いがございまする」

「申してみよ」

表情を引き締めた治憲を重定が促した。

「家中一切へ詞《ことば》をかけたく存じまする」

「なにっ」

治憲の願いを聞いた重定が驚愕した。

詞とは藩主が米沢入りしたとき、目見え以上の家臣を引見し、言葉をかけることだ。

「家中一切とならば、足軽まで呼ぶ気か」

「そういたしたく」

「ならぬ。下士《かし》に藩主が声をかけるなど論外である」

重定が止めた。

「上杉家は、未曾有《みぞう》の危機にございまする。これを乗り切るには、上士《じょうし》、下士の区別なく、家中一つにならねばなりませぬ」

「他藩に知られれば、家格にかかわる」

頑なに重定は首を振った。

「わたくしは日向《ひゅうが》より、米沢へ来た者。江戸では九年過ごしましたが、国元は初。家中の者と親しむためでございますれば、押して願いまする」

治憲は譲らず、隠居の重定を押し切った。

米沢藩上杉家では、藩主初の国入りに際し、家中へ膳《ぜん》と酒を下賜する慣例があった。

「財政逼迫《ひっぱく》のおりから、簡略なものといたせ」

治憲の命で、赤飯と酒だけに変えられたが、家中にとってはうれしい贈りものであった。それから数日にわたって、今度は家中から藩主へ、初入部祝いの御礼申上の儀が始まった。

御座の間において目通りする奉行、城代ら上級藩士から、式台に立つ治憲の前へ膝をつく徒士《かち》、足軽、在郷給人《きゅうにん》にいたるまで、治憲は休む間もなく、祝いを受けた。

「連年として物成《ものな》りを借り上げ、各々《おのおの》の艱難《かんなん》は十分承知している。なれど、藩の財政窮乏につき、借り上げを停止することかなわず。事情を勘案し、今後とも職務に精勤いたすように」

上下の分け隔てなく、懇切に接した治憲の評判は、家中で二分した。

「ご身分にふさわしからず」

奉行職、一門衆などは、治憲の行動を苦く思い、対して軽輩たちは、藩主から声をかけてもらったことに感激していた。

上士と下士では、当然下士が多い。治憲はこの機と、大倹約令をもう一度家中へ徹底するように求めた。

いつまでも抜け出せない苦境のせいで、米沢城下の状況はかつてないほど悪化していた。

博打に手を染め、刃傷沙汰《にんじょうざた》を起こす、放火をする。重職の屋敷へ頬被《ほおかぶ》りした若侍が乱入、玄関や生け垣などを破壊するなど、とても秩序が保たれているとはいえなかった。いや、まだこのていどはましであった。ひどいのにいたっては、下級藩士が手を組んで、城外の百姓、食い詰め者を集めて、城下の米屋や酒屋を襲い、金やものを奪い取っていくことさえあった。

「家老や組頭の指示に従うべし。一年奉公の者と近習などが親しく交わるな。百姓たちを理由なく私事で使うな」

当たり前のことを治憲は発布《はっぷ》し続けなければならなかった。

江戸藩邸にいるより、国入りしたほうが苦労であった。幕府の監視や、諸大名たちの目がないかわりに、治憲の一挙一動を宿老たちが注視していた。

「馬廻水越十郎兵衛《うままわりみずこしじゅうろべえ》、盗みを働いたうえ、城下を逐電《ちくでん》つかまつりました。士籍剥奪《しせきはくだつ》名字断絶《みょうじだんぜつ》といたしたく」

奉行千坂高敦が言上した。

「うむ」

いかに生活が苦しくとも、盗みをしたうえ、逃げてはかばいようもない。治憲は認めた。

「本日、ご裁可いただく案件は之で終わりましてございまする」

千坂高敦が一礼した。

「ご苦労であった。下がってよい」

ねぎらいの言葉に続いて、治憲は千坂高敦の退出を命じた。

「殿」

腰をあげる振りさえせず、千坂高敦が治憲を見上げた。

「ほかになにかあるのか」

治憲が身構えた。

会って話せば、わかりあえるというのは真理ではなかった。互いの主張に差がありすぎれば、いっそうの溝が刻まれるだけである。

治憲と国元の宿老たちがそれであった。

「小藩からお見えの殿は、ご存じないでしょうが、大般若経供養の執行は、不識庵謙信公以来の伝統でございまする。その中止の理由が、金がないというなど、論外でございまする。他藩はおろか、領民たちまでが、上杉家を侮りましょう」

千坂高敦が続けた。

「他藩の侮りは、家の恥。領民どもの侮りは、反抗を産みまする。年貢の未納や、一揆《いっき》などの原因となりかねませぬ。たとえ金が足りずとも、何食わぬ顔でやるのが、大名の矜持《きょうじ》であり、もっとも正しい政の方法」

「では、どこから大般若経供養の金は出すのだ」

表情を固くして治憲が問うた。

顔色一つ変えることなく、千坂高敦が述べた。

「藩庫からでございまする」

「その藩庫に金がないのだぞ」

「町人から一時借りれば……」

治憲の返答に、千坂高敦が言った。

「ならば、いつ返せるのか、明確に申せ」

「それは……」

厳しく問う治憲に、千坂高敦が詰まった。

「あてのない借財を繰り返した結果が、今なのだぞ」

「なれど、代々の行事をおろそかにするは、先祖の霊をないがしろに……」

「黙れ」

まだ言いつのろうとする千坂高敦を、治憲が叱りつけた。

「な、なにを」

小藩からの養子でまだ若い治憲に怒鳴りつけられたことが信じられないのか、千坂高敦が顔を赤くして震えた。

「下がれ」

冷たい声で、治憲が退出を命じた。

「……………」

「聞こえなかったか。下がれと申した」

にらみつけるように見てくる千坂高敦へ、治憲が冷たい声を浴びせた。これ以上の抗弁は、藩主への無礼となる。先例を強要している千坂高敦が、礼を失するわけにはいかなかった。

「ご免」

苦い顔で千坂高敦が、治憲の前から去った。

「よろしゅうございますので」

江戸からついてきていた側役隆旗忠陽が、訊《き》いた。

「千坂どのは、上杉でも名門でございまする。あまり厳しいご対応は……」

「言うな」

治憲が隆旗の口を封じた。

「誰もの機嫌をとるようなまねのできる状況ではないのだ。宿老たちが、吾を小藩の出と侮ってくれている間に、手を打っておかねばならぬ」

頰をゆがめて、治憲が決意を口にした。

対決姿勢を明瞭《めいりょう》にする治憲へ、宿老たちも黙っていなかった。

「疲れておるところをすまぬな」

城に近い芋川縫殿の屋敷へ、重臣たちが集まっていた。

「いや、藩のためだ。気遣いは無用」

千坂高敦が手を振った。

「早速だが、殿のご行状について、ご一同の意見をうかがいたい」

芋川縫殿が、促した。

「舞いあがっておられるのではないか」

色部修理《しゅり》照長が述べた。

「無理もござらぬ。小藩から来られたのでござる。名門上杉の当主となられて、鼻高々なのでござろう」

藩医藁科立沢《りゅうたく》が同意した。藁科立沢は、藩校教授藁科松伯の息子である。

藁科松伯は、医者ながら儒学に造詣《ぞうけい》が深く、竹俣当綱を始め、多くの弟子を育てた。森利真の圧政に反対し、治憲の改革を楽しみにしていたが、この六月に病死していた。

後を継いだ立沢は、医科の家柄から執政へ出世したいとの野心を抱き、治憲の政に反対、宿老たちにすり寄っていた。

「江戸の須田伊豆も、実家と同じことをしようとしているとこぼしておったわ」

千坂高敦が嘆息した。

「たしかに、当家に金はない。だからといって、卑しき商人のように金を惜しむなどと言われては、不識庵謙信さまのお名前にも傷が付く。上杉には上杉の格がある。なんとしても、殿を説得せねばならぬ」

強い口調で芋川縫殿が断じた。

「しかし、お若いだけに、なかなか他人の意見を聞かれぬ」

先日のことを千坂高敦が思い出した。

「政以外へ興味を向けさせればいい」

「……政以外だと」

「幸姫さまは閨ごとがおできにならぬ。若い殿にはお辛かろう」

小さく芋川縫殿が笑った。

「女か」

芋川縫殿の言葉に、千坂高敦が反応した。

「かつて森も同じことを考えたと聞いたぞ」

色部修理が口を出した。

「軽輩の娘を女中としてつけたことであろう。さすがは森というところだが、やはり軽輩の出は、思慮が浅い。殿が幼すぎて、手を出すどころではなかった」

森利真への嘲《あざけ》りを、芋川縫殿が露わにした。

「今ならば、大丈夫だというのか」

千坂高敦が問うた。

「殿も元服された。大人の男が女を求めるのは摂理である。それに、女を抱き、子を作るのは藩主の仕事だ。これこそなにより大切なお役目である」

芋川縫殿が告げた。

「その女はどうするのだ。侍組分領家の娘で適当な者がおるのだろうな。軽輩の娘などは論外じゃ。そうでなくとも、大倹約令が出てから、身分軽き者たちが、殿に私淑しつつある。今、軽輩の娘に、殿が手がつけたなどとなれば面倒だぞ。ものの数にも入らぬ連中といえども、集まれば厄介だ」

難しい顔で千坂高敦が首を振った。

「我らの娘ではない」

「どういうことだ」

不審な顔を色部修理がした。

「娘を側室にした者が、殿に与せぬ保証がない」

芋川縫殿が一同を見回した。

「……むっ」

参加していた者たちが、唸った。

治憲の側室となった娘が、男子を産めば次の藩主となる。そして、側室の実家は、藩主の外祖父となり、大きな権力を得る。

今でこそ、治憲を抑え、藩における譜代名門の力を取り戻すために、手を結んでいるが、誰もがさらなる立身をとの野望を失ってはいない。娘一人差し出すことで、権力者となる機を得られるならば、ここにいる皆、裏切りをためらうはずなどなかった。

集まっていた宿老たちの間が、緊迫したものに変わった。互いに顔を見合わせ、相手の表情を窺《うかが》った。

「縫殿さま。お話をされたということは、意中の女がおられるのでございましょう」

緊迫を破ったのは、まだ若い藁科立沢であった。

「さすがは、松伯どののご子息だの」

満足そうに芋川縫殿がうなずいた。

「誰の娘じゃ。その者は、大事ないのか」

緊張を解いた千坂高敦が問うた。

「琴姫《ことひめ》さまよ」

「なんだと」

「それは……」

先ほど以上の驚愕が、座を包んだ。

「琴姫さまは、式部《しきぶ》さまのお血筋ぞ。そのようなお方を側室にするなど、無理であろう」

千坂高敦が、首を振った。

式部とは、上杉家四代藩主綱憲の六男勝延《かつのぶ》のことだ。治憲を上杉家の養子にと口利きをした筑前秋月藩主黒田長貞の妻となった豊姫の兄にあたる。

式部勝延は、早世した者を除き、長兄義周《よしちか》が吉良上野介の養子、すぐ上の兄勝周《かつちか》が分家と、ともに一人前にしたててもらっているのに対し、なぜか一人、実家で飼い殺しにされた。

琴姫は、その式部勝延の三女である。不思議なことに、琴姫も父同様、姉は嫁にいっているが、己は二十九歳の今日まで、嫁ぐこともなく、城下で過ごしていた。

「お血筋とはいえ、式部さまは、藩から捨て扶持を受けておられるだけ。それも跡目を継がれる男子がおられぬゆえ、一代限り。家臣同様とまでは申さぬが、ご一門衆というにはちと弱い。琴姫さまも、三十路《みそじ》間近で、いまさら他家へお嫁入りとはいかれまい」

「問題はない。ということか」

芋川縫殿の説に、千坂高敦が唸った。

四代も前の藩主、その弟で捨て扶持をもらっているだけの一門。

上杉勝延は、藩政を狙《ねら》う者が旗印として担ぎ出すにはあまりに弱すぎ、誰も注意を払わない人物であった。

とっくに嫁いで当然の琴姫が独り身のまま放置されていたのも、そのためであった。

「琴を治憲の国御前《くにごぜん》にすると申すか」

宿老たちへの根回しをすませた芋川縫殿は、まず重定に話をした。

国御前とは、江戸に残した正室の代わりを国元で果たす側室のことである。他の側室たちとは一線を画し、正室同様の扱いを受けた。

「琴はいくつになった」

「二十九歳におなりかと」

重定の問いに、芋川縫殿が答えた。

「少し、歳をとりすぎておろう。褥《しとね》辞退まで一年しかないぞ」

難しい顔を重定がした。

褥辞退とは、三十歳を迎えた側室が、閨の御用から離れることをいった。高齢での出産にともなう危険を避けるためのもので、三十歳をこえた側室は、己の代わりとなる女を推薦し、身を退くのが慣例であった。

もし、三十歳になっても辞退をしなければ、淫乱《いんらん》との誹《そし》りを受け、実家まで恥をかくことになった。

「お褥ご辞退は無視してよろしかろうかと存じまする。古来より、正室はお褥辞退をなさらぬものでございますれば」

「……幸ではなく、琴が正室か」

重定が苦い顔をした。吾が娘のことだ。重定も幸姫が、妻としての務めを果たせる身体ではないと知っていた。

「お血筋からしても問題ないかと」

芋川縫殿が推した。

「で、琴は治憲に付けて、江戸へやるのか」

「いいえ。国元にお残りいただきまする」

はっきりと芋川縫殿が否定した。

「情を交わさせて国元に残す……人質か」

重定が、宿老たちの意図をさとった。

「お許しをいただけましょうか」

「反対する理由はない」

治憲、琴姫の関知しないところで、話は決められた。

米沢の城下外れで、老父の面倒を見ながら静かに暮らしていた琴姫は、訪れた芋川縫殿から用件を聞かされて驚愕した。

「わたくしが、殿のもとへ」

「お願いを申しあげまする」

願いと言いながら、そのじつは強制であった。分家というのもおこがましい捨て扶持暮らしの一門に、執政の決定を覆す力などなかった。

「今すぐでございましょうか」

琴姫が問うた。

「いいえ。城のほうの用意もございまする。後日、あらためてお迎えにあがりまする」

用件を告げて、芋川縫殿が帰っていった。

「父上さま」

七十歳をこえた琴姫の父、上杉勝延は病気がちであり、今日も床に伏していた。

「城からの使者はなんであった」

足下へ座った娘へ、勝延が問うた。

「わたくしに……」

琴姫が用件を述べた。

「そうか。琴をご当主どのの側へと。よほど奉行たちは、ご当主どのの動きが気に入らぬらしい」

勝延が、嘆息した。

今でこそ、藩主一門とは思えぬ扱いを受けているが、勝延は、控えであった。

控えとは、現藩主になにかあったとき、すぐに家督を受け継げるよう、養子に行かず家に残された一門のことだ。藩主の兄弟が選ばれることが多く、勝延は五代藩主吉憲の控えであった。

控えは、万一のおりに藩主となる。ふさわしいだけの教育を受け、大切に扱われた。しかし、それも世継ぎができるまでであった。兄に息子ができた段階で、控えはその任を解かれる。だが、そのときには、歳を取っていることが多く、今さら他家へ養子に行くのは難しく、実家で捨て扶持をもらって朽ちていくしかなくなっていた。

五代藩主の控えは、六代の邪魔者であり、七代では過去、そして八代以降では、忘れられる。

出番のなかった控えはひっそりと米沢で終焉《しゅうえん》を迎え、嫁に行きそびれた娘は、上杉所縁の尼寺で余生を過ごす。かつて何人もの控えが通ってきた道を勝延と琴姫も進んでいくはずだった。

それが治憲の国入りで変わった。いや、変わらされてしまった。

「琴よ」

「すまぬな。あと数年でそなたは、静かな余生を送れるはずであったが……」

勝延が一瞬目を閉じた。

「そなたは、大きな波のなかへ身を置くことになる。命を狙われることもあろう」

「殿のことでございまするか」

「ああ」

娘の確認に、勝延がうなずいた。

「父上さまにお詫《わ》びいただくことではございませぬ」

琴姫が首を振った。

「いいや。詫びねばならぬ。儂《わし》は喜んでおるからの」

「喜ぶ……」

怪訝《けげん》な表情で琴姫が父を見た。

「噂によると江戸の幸姫は、子を産めぬ身体らしい。となれば、世継を産むのは、そなたよ。琴が男子を産めば、その子が上杉家十代藩主となる。控えであった儂の血が、本家を継ぐ。これほどの喜びはない。あの吉良の弟とそしられ、養子にもいけず、逼《ひっ》塞《そく》するしかなかった儂の孫が上杉本家となる」

「はい」

勝延が小さく笑った。

吉良とは勝延の兄で、高家《こうけ》吉良家へ養子にいった左兵衛《さひょうえ》義周のことだ。赤穂浪士の討ち入りで義父を討たれた責任を問われ、諏訪《すわ》高島《たかしま》藩へ預けられた。父の仇《かたき》をその場で取らなかったとの非難を浴び、上杉まで世間の笑いものとなった。これこそ、勝延が家臣の家にさえ養子として迎えられなかった大きな理由であった。

赤穂浪士の討ち入りは、主君の仇討《あだう》ちとしてもてはやされたが、真実は違う。浅野内匠頭は、刀を抜いてはいけない殿中でいきなり、吉良上野介へ斬りつけた。いわば辻斬りであった。その結果、罰として、幕府から切腹を命じられたのだ。本来仇討ちは成りたたない。それを無理矢理夜中に押し入って、上野介の首を切り落とした。

義挙などではない。強盗以上にたちが悪かった。

だが、旗本を主君の仇として旧家臣たちが襲う。高家という権威への挑戦は、庶民の喝采《かっさい》を浴びた。

武士の倫理の低下、五代将軍綱吉《つなよし》の生類憐れみの令を始めとする圧政、奥州で発生した大飢饉による生活不安などの不満の解消を庶民が求めた結果であった。

それを幕府も見て見ぬ振りをした。いつでも政の失敗を施政者は、他に目をそらさせることで隠そうとする。

今回上杉が、その犠牲となった。

「景虎《かげとら》も今や猫になりにけん」

赤穂浪士討ち入り直後、上杉家を揶揄《やゆ》する落書が江戸市中にあふれた。

そんな上杉家の一門を養子に迎えようという大名旗本があるはずもなく、勝延は飼い殺しにされた。

「…………」

温厚で物静かな父のなかにくすぶっていた暗い想いに、琴姫が息をのんだ。

「それにの。そなたを朽ち果てさせずにすむという喜びもある。男に抱かれ、子をなし、その成長を楽しみながら老いていく。女として当たり前の日々を、そなたが取り戻せるかと思うとな」

勝延が、感極まった。

「儂の恨みを晴らすより、はるかにうれしい。たとえ、そなたが殿を押さえるための人質でしかなくとも、女としてそなたが扱われるというだけでな」

「父上」

琴姫が涙を流す父の手を握った。

しばらくして落ち着いた勝延が、琴姫の手をさすった。

「そなたは、殿の足かせとして、執政に使われる」

「そのような役目は嫌でございまする」

激しく琴姫が首を振った。

「断れぬのだ。捨て扶持の一門が、執政の意志には逆らえぬ」

「殿があまりに哀れ」

「よき女に育ったことよ。まだ会ってもおらぬ相手のことを気遣える」

満足そうに勝延が微笑んだ。

「上杉の当主など、借金の理由を作るのが仕事のようなものであった。それを殿は変えようとされている」

城下外れで逼塞しているとはいえ、いつ当主になっても大丈夫なように教育を受けてきた勝延は、藩の状況、治憲の動きなどをよく見ていた。

「もし、儂が控えから藩主となっていたら、殿のようにできたであろうか。いいや、無理だ。上杉に生まれ育った者は、この家風に慣れすぎてしまう。他家より来られた殿でなければ、上杉は救えぬ。琴よ」

「はい」

呼ばれて琴姫が応えた。

「儂の血を残してくれ。そして、殿の支えになってやれ。女でなければ、できぬことがある。荒ぶる男の気を受け止めるのは、女でなければならぬ。疲れた男を癒すことも女の仕事。殿、治憲公は、まだ十九歳だという。慈しんでさしあげよ」

「……はい」

しっかりと琴姫がうなずいた。

琴姫が同意すれば、次は治憲の番である。

「国御前を迎えよ」

「わたくしには幸がおりまする」

勧める重定へ治憲が首を振った。

「藩主のもっとも重要な任は、世継ぎを作ることぞ。幸では果たせまい」

娘の状況を踏まえてのことだと、重定が押さえこんだ。

「承知いたしました」

藩主の義務だと義父に言われれば、従うしかない。治憲は琴姫を国御前にすることへ同意した。

「これも前例だと思うがいい」

「はっ……」

重定の言葉に、治憲が驚愕した。

「幸が女でないのならば、子を作る相手は要る。琴は国元から離せぬ。それでは、一年ごとにしか会えぬ。江戸での一年がもったいない。琴を受け入れたのだ。江戸で誰を側室に呼ぼうが、奉行どもは反対できぬ」

「………」

治憲の脳裏に一人の寂しげな女の姿が浮かんだ。

「奉行どものの言いぶんが気にくわなくとも、少しは受け入れてやれ。さすれば、それだけ相手も譲る。すべてを拒むと、あやつらの引き場所を奪うことになるぞ」

若い養子へ、重定が諭した。

「かたじけのうございまする」

初めて治憲は、重定に親しみを感じた。

こうして治憲は、琴姫を側室に迎えた。

「治憲じゃ」

「琴にございまする」

婚礼ではない。国御前を迎えるのに仰々しい行事はなかった。顔見せの後、本丸御殿の奥向きで、治憲と琴が同衾《どうきん》した。

「よしなに頼むぞ」

歳上の琴姫に、治憲は妙の面影を見た。

四

琴姫との交流は、治憲を落ち着かせた。

しかし、奉行たちとの溝は埋まらなかった。ともに考えの根本は、藩の財政を改善することとなのだが、足りなければ借りればいいという奉行たちと、借財を増やさないように考えている治憲らとでは、意見の合致は無理であった。

「借財を増やして、子孫に渡すつもりか」

「いつか返せるときが来ましょう。それまでは、やむを得ますまい」

結局、折り合いはつかなかった。

初の入部とはいえ、国元にいられる期間は通常の参勤交代と同じく一年である。

明和七年（一七七〇）九月二十四日、江戸へ向けて治憲は発った。

十月三日、江戸へ入った治憲は、将軍へ出府《しゅっぷ》の報せを兼ねた土産《みやげ》として、松尾梨子《まつおなし》、若黄鷹《わかきたか》を献上した。

もっとも、これだけではすまない。大名の格に応じて、参勤させていただいたお礼をさらに献上しなければならなかった。

上杉家の場合は、太刀を一振り、綿を三十把《ぱ》、お馬代金として銀二十枚と決まっていた。さらに将軍家の正室にも白銀五枚、お付き女中にも白銀を数枚渡す。その上で、老中たちへ別途、贈答をしなければならない。

参勤交代は、旅程の代金、贈答品の費用などで、藩にとって大きな負担であった。

「これらを変えることはできませぬぞ」

「わかっておる」

江戸家老須田伊豆の念押しに治憲は同意した。幕閣との交際を疎《おろそ》かにして、よいことがないと治憲もお手伝い普請で身にしみていた。

一年江戸を離れていたが、藩邸の状況は変わらず、江戸詰藩士のほとんどが、大倹約令にしたがい、質素な生活をしていた。

「最初から急いでも碌《ろく》なことはございませぬ。八代の澱《よど》みを一代でくみ出せると思われませぬよう」

反対ばかり言う国元宿老から離れられたと勇む治憲を細井平洲が宥《なだ》めた。

「これからもよしなに願う」

翌年二月、治憲は細井平洲を藩政への助言役として、十人扶持《ぶち》を与えた。一人扶持とは、一日に玄米五合を現物給付することであり、十人扶持は年になおすと、およそ十八石となる。招かれている儒学者としては、かなりの厚遇であった。

四月、治憲は二度目の国入りをした。これは、初入部を終え、上杉家の慣例である四月参勤交代に従ったからである。前回の江戸出府から半年での国入りであった。

その治憲を追うように、平洲も米沢へ入った。

「藩校での講演を」

米沢の藩士たちの気風をなんとしても変えたいと熱望した治憲に、一年限りとの期限を切って平洲が承諾してくれたからであった。

「ようこそおいでくださいました。師」

米沢城で待っていた治憲が出迎えた。

「あまり顔色がよろしくございませんな」

平洲が顔をしかめた。

「お気遣いをしていただき申しわけございませぬ。じつは、雨が足らぬようなのでございまする」

不作の予兆に治憲が嘆息した。

明和八年（一七七一）、田植えの時期だというのに雨がなかなか降ってくれなかった。

「それはいかぬな。しかし、これぱかりは人智の及ぶところではございませぬ。雨が降らぬと心配するより、人の手でどうにかできることをなさるべきでござろう」

「とは考えておるのではございますが……」

口ごもる治憲へ、平洲が言った。

「勇なるかな勇なるかな、勇にあらずして何をもって行なわんや。お忘れか」

平洲が厳かに言った。

これは、平洲が治憲が藩主となったときに贈った言葉であった。何事も勇気なくしては始められないとの意であった。

治憲は凶作に怯《おび》えていた。

米は国の基本であった。たしかにものを売り買いするには、金が要った。ただ、藩にとってその金のもとが米であった。

米のできが悪いと、年貢が少なくなった。もちろん、検地をしてどこどこの村の年貢はいくらと決まっている。規定どおりに取りあげてもよいのだが、凶作の年にそれをやると、百姓たちが生きていけなくなる。娘を売ってしのげる家はまだいい方なのだ。下手をすれば、一家逃散《ちょうさん》してしまう。喰えないから田を捨てて流民となるのだ。当然、捨てられた田は、来年耕す者がいなくなり、翌年米は一粒も取れなくなる。四民の上に立つと偉そうなことを言ったところで、武士に米作りはできない。百姓がいなくなれば、それだけ年貢が減る。よほど切羽詰まった藩でもなければ、そこまで無道なまねはせず、凶作に応じて年貢の高を下げた。

だが、年貢を減らせば、藩の収入が少なくなる。金がないならなにもせずに大人しくしていればいい。が、米沢藩はそうはいかなかった。

米沢藩は莫大な借金を背負っていた。借金は返し続けていかないと、利子が利子を呼び、増えるのだ。米のできは米沢にとって、死活問題であった。

しかし、治憲の願いもむなしく、雨は一向に降る気配がなかった。

御堂にて雨乞いをさせても、雨は降らなかった。

「このままでは、稲が枯れる」

百姓たちの悲鳴を、宿老たちが利用し始めた。

「君に徳なきとき、神仏が下す災いを天災という。天の怒りを解くには、公の交代しかなし」

儒医藁科立沢が、声高に治憲を非難し始めた。

雨が降らない不満を、藩主治憲へもっていこうとする宿老たちの手立ては、ゆっくりとながら浸透しだした。

「よろしくありませぬ」

細井平洲が難しい顔をした。使者番千坂政右衛門《まさえもん》の嫡子高朗《たかろう》、馬廻り高橋平左衛門《へいざえもん》ら、米沢で多くの弟子を迎えた平洲のもとには、藩内の動きが集まった。

「はい」

忠告を受けた治憲も状況には気づいていた。

「国元の宿老たちとの決裂を覚悟する……」

ここで治憲が打てる手は、一つしかなかった。ただし、それは奉行たちとの政争の始まりを告げることであった。

「今までの悪弊《あくへい》を断ちきる。それしか公に手はござらぬ」

平洲が決断を迫った。

「しばし刻《とき》を」

治憲は即答できなかった。

藩政というのは、代々名門とされる家に預けられてきた。上杉では、侍組分領家がそれにあたった。

長年、政をおこなってきただけに、領内の事情にも通じているうえ、御用商人らとの繋がりも深い。宿老たちとの敵対は、それらを捨てることになる。新しく治憲が奉行を任命したところで、その者が慣れるまでの間、藩政の空白を呼ぶことになる。

それを治憲は懸念した。

「なにをお悩みでございまするか」

夜、同衾した後で琴姫が訊いた。お国御前となって琴の方と呼ばれるようになった琴は、身体を重ねるにつれ、治憲を愛しく思うようになっていた。

「……………」

返答をしない治憲を、十歳歳上の琴の方が、ふくよかな胸乳へ引き寄せた。

「政のことは、わかりませぬが、殿の思い通りなされればよろしいかと」

姉のように優しい言葉遣いで琴が語った。

無言のまま、治憲は琴の乳房を摑《つか》んだ。

「ふふっ」

歳下の治憲の甘えを、琴が受け止めた。

「余の考えだけで、やってよいのか」

「殿以外に、誰もできませぬ。藩主は殿。領内の政は殿のお仕事。奉行といえども、責は負えぬのでございまする」

「余一人がすべてを負う……」

「殿が、隠居なさるときは、わたくしも共に参りまする。閑居《かんきょ》にはなれております」

琴が治憲の目を見た。

「藩のためになることをなさるのでございましょう」

「うむ」

治憲も琴の顔を見つめた。

「お手を」

そっと胸に置かれた治憲の手を取った琴が、下腹へ移した。

「女はここに子を宿しまする。悪阻《つわり》、出産の苦しみをこえて、女がなぜ子を産めるかおわかりでございますか。生まれてくるのが、愛しい人との間に育んだ新しい命だと知っているからでございまする。殿は米沢を愛しいとお思いでございましょう」

「ああ。この国を吾は愛しい。なるほどな、悪阻や、産みの苦しみがあって、ようやく新しい米沢が生まれてくるか」

治憲が表情を緩めた。

「……………」

黙って琴が微笑んだ。

「琴は、余の姉か」

治憲が苦笑した。

「姉では嫌でございまする。姉ならば、殿の御子を産めませぬ」

琴が、すねたような口調で言った。

「産んでくれ」

ふたたび治憲は、琴の上へ覆い被さった。


六月十六日、治憲は藁科立沢を儒業怠惰《じゅぎょう》として、儒者役を免じ、五人扶持を召しあげたうえで番医師へ落とした。父松伯の功績のお陰で、放逐にはしなかったが、医者は藩政にかかわることはできない。

こうして反対派の一人を治憲は取り除くと同時に宿老たちへ対決を宣した。

「我ら抜きで、なにができるものか」

治憲の行動を、宿老たちはこぞって嘲笑《あざわら》った。

宿老たちと敵対したことで、米沢藩の藩政は停滞した。しかし、治憲は落胆しなかった。

藩政は、細井平洲の助言を受けながら、宿老の下で働いていた下僚たちに実務を執らせなんとか回した。

「郡奉行所役場を復活させる」

十二月、治憲は藩政改革の第一手を打った。

「なにをされるか」

宿老たちが驚愕した。

郡奉行所は、かつて藩政を壟断《ろうだん》していた森利真が、藩内を把握するために使用したものだ。当然、森利真の誅殺《ちゅうさつ》とともに廃止されていた。それを治憲は再置した。

宿老たちの反対を無視した治憲は、新たに改革を支持している藩士たちのなかから郡奉行らを任じて、領内の把握を進めた。

干ばつの被害をなんとか最小限に留めようと苦労している治憲のもとへ、雪まだ溶けぬ明和九年の晩春、悲報が届いた。

「目黒《めぐろ》村行人坂《ぎょうにんざか》より出火、大風に煽られて麻布のお屋敷類焼。さらに風強くなり、麻布から桜田へ火渡りいたし、桜田邸も焼失」

「なんだと」

江戸からの急使の報告に、治憲は絶句した。

明和九年（一七七二）二月二十九日、江戸を大火が襲った。目黒から出た火は、西の丸下大名小路から外神田、浅草までを灰燼《かいじん》に帰した。

「奥は、藩士たちは無事か」

顔色を変えた治憲が幸姫らの消息を尋ねた。

「奥方さまは、市谷《いちがや》の尾張さまお屋敷へご避難あそばされ、江戸詰の者どのは、浄《じょう》運院《うんいん》へ引き取りましてございまする」

「そうか」

聞いた治憲は、愁眉《しゅうび》を開いた。

明和の大火と呼ばれた火事は、その焼失町数九百以上、死者一万四千七百人、行方不明四千人をこえる大惨事となった。

上杉家は消火の際に怪我を負った家臣がいたとはいえ、死人を出すことなく無事に避難を終えた。

ひとまずほっとした治憲だったが、その両肩に、江戸屋敷再建という重荷がのしかかった。

さらに、もっとも頼りにしていた細井平洲が、江戸へ帰ると言い出した。

「今少し、ご滞在を」

出立の日延べを治憲は頼んだ。

「江戸の家族、弟子たちのことが心配でありますれば」

平洲が拒んだ。

「恥じ入りまする」

治憲は平洲にも気遣う相手がいることを失念していた。

「勇をもって当たれば、何事もなせまする」

三月六日、治憲を激励する言葉を残し、平洲が米沢を後にした。

「費用をなんとか捻出《ねんしゅつ》せねばならぬ」

見送った治憲は、また金の心配を始めることとなった。

「実情を家中に知らせ、助力を」

治憲は、家臣の家格ごとに代表一人を出させ、それらを集めて、火事被害について説明した。

「急ぎ屋敷を建てねばならぬ」

話を終えた治憲は、国中へ出金命を出した。

今回ばかりは宿老たちも、藩の危急であるとして、協力を惜しまなかった。

「邸の着工が遅れるのは、大名としての恥」

江戸屋敷は出城と同じ扱いである。その再建に手間取るのは、軍神上杉謙信の末として世間体が悪すぎた。

まず、奉行色部修理照長が、詳細を調べるため、江戸へと旅だった。

家中の者たちからも、知行の一分を屋敷再建の費用に遣ってくれとの申し出が相次いだ。

不幸を前にして、藩が一つになった。

「到底足りませぬ」

勘定奉行が治憲の前に手をついた。

家臣が知行の一部を差し出してくれたとはいえ、江戸屋敷の再建費用には到底届かなかった。

なにせ、九百町をこえる大火なのだ。家を建て直す者は多い。当然そうなれば、材木の費用はあがり、大工などの日当も高くなる。さらに上屋敷は、藩の公邸としての見栄えもある。金がないからと手抜きなどできなかった。

「山から木を切り出し、それを使う」

上杉治憲は、領内の木々の伐採を命じた。

材木は手当てできても、それだけで屋敷が再建できるものではなかった。万をこえる瓦《かわら》、千を数える畳、百に近い調度品などの手配には莫大な費用がかかった。

「やむをえぬ。今回は目をつぶる」

治憲は苦渋の選択をした。

御用商人たちに、新たな借金を頼むこととなった。

領内だけでなく、江戸、大坂とつきあいのある商人から集めた金で、なんとか上杉家の江戸屋敷再建の目途が立った。

「出府する」

藩邸が焼け落ちたからといって、当主が他家に間借りするわけにはいかなかった。とりあえず、藩主と側近が生活できるだけの仮屋の完成を待って、治憲は国元を離れた。

火事から数カ月経っているとはいえ、江戸の町はまだ焦げ臭い匂いに満ちていた。すでに新しい店を建てて、商いをしている豪商がいる反面、身一つで逃げすべてを失い、路上で物乞いをするしかなくなった者もいる。

「ここでも金か」

あらためて治憲は、金の強さを知らされていた。

「新田の稲がみのりましてございまする」

江戸で雑務に追われる治憲のもとへ、ようやく吉報が届いた。

領内遠山《とおやま》村に四反の新田が開かれたのだ。

「そうか」

満足そうに治憲が言った。

それが、励みになった。治憲は着々と藩政の改革を進めた。

世襲制だった五郷五代官を能力で選ぶように変えたり、百姓地の現況をよく知るために現地へ出向く郷村出役を設置したりした。

しかし、治憲が改革を再始動させたことで、火災のため一枚岩になっていた家中にふたたび亀裂《きれつ》が生じた。

十月、江戸家老須田伊豆満主が、辞任を申し出た。

「殿の政に家老は要らぬようでございまする。この身すでに老い、新しいやり方になじめませぬ。ゆえに役目をお返しさせていただきたく」

「今春の類焼により失った下屋敷などの再建もならぬときに、江戸家老を辞めたいなど申すな」

家中の混乱をこれ以上増やすわけにはいかない。

「今までの功績に報いよう」

治憲は須田伊豆の機嫌を取るため、脇差まで与えて慰留した。

「でございますれば、来春、殿がお国入りなさるまで務めまする」

かろうじて須田伊豆が、思い留まった。

「頼む」

恩を着せるような須田伊豆への怒りを、治憲は呑みこんだ。

第三章　抗争

一

十一月十六日、凶事を嫌った改元があり、明和《めいわ》九年（一七七二）は安永《あんえい》元年になった。

わずか一月足らずで元年は終わり、安永二年（一七七三）が明けた。

新年早々から治憲は体調を崩していた。

「お疲れが出られたのでございましょう」

小姓頭莅戸九郎兵衛善政《のぞきくろうひょうえよしまさ》が、看病についた。莅戸九郎兵衛は、昨年側役《そばやく》隆旗忠陽が中の間年寄へ転じていったあと、側役を選ばなかった治憲の身のまわりのことを一身に引き受けていた。

「休んでおられぬ。しなければならぬことはいくらでもあるのだ」

無理を押して治憲は、政務に戻ろうとした。

「迷惑でございますぞ」

父ほどに歳の離れた莅戸九郎兵衛が、厳しく叱《しか》った。

「殿がお休みになりませぬと、他の者はもっと無理をせねばならなくなりまする。病を隠して出て、倒れるくらいならまだしも、それで死ぬこともあり得まする」

「…………」

「殿が数日お休みになられたていどで、ゆらぐほど上杉は弱くございませぬ」

「しかし……」

まだ治憲は渋った。借金の利子は一日ごとに増えていく。少しでも早く、藩政の改革を終えなければという思いが治憲を突き動かしていた。

「それほどまでに、わたくしどもはご信用なりませぬか」

無念そうに莅戸九郎兵衛が言った。

「殿のなさろうとしておられることを、我らも重々承知しておりまする。そのうえで、申しあげまする。殿が今倒れられれば、藩政は今一度大殿さまのもとへ返りまする」

当主が病気などで政務を執れないとき、すでに元服している嫡男があればいいが、なければ隠居した先代あるいは親戚《しんせき》が代行する慣例であった。贅沢《ぜいたく》な隠居生活を送っている重定の復帰は、積んできた倹約を潰《つぶ》しかねない。

「……わかった」

治憲は、在府中の大名の義務である江戸城への登城もあきらめて養生した。

数日経たずして復帰した治憲が、ふたたび倒れた。

「お疲れがたまっておられるようで」

藩医が薬を調合し、安静を指示した。

「お身体もそうだが、お心を癒す者が……」

完治までとはいかなくとも、執務への復帰の許可が出るまでに回復した治憲が、間を置かずに倒れた。その原因を的確に見抜いた莅戸九郎兵衛が嘆息した。

治憲が江戸にいる間、国元では奉行竹俣当綱が、差配をおこなっていた。竹俣当綱は細井平洲をつうじて治憲と同門になる。国元の宿老のなかでは治憲に近い。

「今回の船は無事に行ってくれればよいが」

竹俣当綱は、江戸屋敷再建の材木を新潟湊《みなと》まで運び、そこから松前船に乗せて江戸へ送っていた。しかし、すべての船が江戸まで行き着いたわけではなかった。なかには風のため遭難しかけた船もあった。

「伐採した後に、植林を忘れるな」

木は切り出すだけでは、何十年か先に泣かなければならなくなる。竹俣当綱が念を押した。

「植林の用材を」

隠居した藩士たちから、樹木が寄贈されていた。それだけではない。隠居した藩士たちは、自ら木々を植えた。

「殿のお国入りのおりには、すべての山の植林が終わるように、努力してくれよ」

江戸家老から奉行へ転じた竹俣当綱は、少しずつ国元の家臣たちを把握していた。

「城中の破損箇所の修復も頼んだぞ」

職人を雇うだけの費用がないのだ。これも藩士たちに任せるしかなかった。

「庶民の上に立つべき武士に、左官のまねごとをさせるなど、言語道断である」

「当綱め、侍組分領家の本分を忘れおって。我らは、藩主公がまちがったおこないをなされたとき、諫言《かんげん》すべき家柄なのだ。それを小藩から来た養子ごときに、与《くみ》しおって」

芋川縫殿、千坂高敦らが憤慨した。だけでなく、直接意見もしたが、竹俣当綱はきかなかった。

「このままでは、領内の民どもに舐《な》められるぞ」

「うむ。百年先の治世の禍根となりかねぬ」

「次の国入りには、きっと殿へ申しあげるとしよう。もし、それでだめならば……」

「殿を押しこめ、代わりに延千代《のべちよ》君を擁《よう》すれば、ご隠居さまもお認めくださいましょう」

密謀に加わっている蒿科立沢が述べた。

延千代君は、治憲が養子に来た歳に生まれた先代重定の長男で今年十四歳になった。

国元の宿老たちは、かつて重定にしたのと同じまねを、治憲へしようとしていた。恫喝《どうかつ》し、代を譲らせる。そして、己たちの思うがままとなる若い藩主を抱く。

治憲と宿老たちの溝は、埋められないほど深いものになっていた。

四月二十二日、参勤交代で江戸を発《た》った治憲は七日後、米沢へ入った。

国入りした治憲は、精力的に動き回った。城内の修復箇所の視察を最初にすませた治憲は、小野川《おのがわ》村へと向かった。小野川村や吹屋村の荒れ地開墾に五十騎組が努力していると聞き、その労《ねぎら》いをしたいと考えたのであった。

「ご足労いただき、ありがたく存じまする」

竹俣当綱が出迎えた。

「田植えをご高覧たまわりたく」

村の百姓二十人が、治憲の前で田植えをした。

「見事であった。一粒万倍になる稲の育ちを、任せたぞ」

治憲が、百姓たちを褒め、膳《ぜん》を下しおくように竹俣当綱へ命じた。

「ありがたきことでございまする」

小野川村の庄屋五兵衛《ごへえ》が、代表して礼を述べた。

「直答を許す」

まだなにか言いたそうな五兵衛に、治憲が許可を与えた。

「今年も雨が少なく、干ばつの様相を呈しておりまする。なにとぞ、雨乞いをお願いいたしまする」

五兵衛が言った。

「承知した」

治憲はうなずいた。

城へ戻った治憲は、約束を守った。田植えを見た三日後、宝珠寺《ほうじゅじ》へ請雨《せいう》の祈禱《きとう》を命じた。

それでも日照りが続いたため、六日後の五月二十三日にも千眼寺《せんがんじ》へ雨乞いをさせた。

「雨は昨年以上に少のうございまする」

農村からの悲鳴が続き、ついに治憲は、自ら遠山村の愛宕山《あたご》へ夜参りに出た。竹俣当綱と江戸から治憲の命で国元へ戻った須田伊豆が供をした。

「おう。これが米沢か」

愛宕山へ登った治憲が、山頂から見える風景に感嘆した。

「見事なる形の山であるな。あれは何と言う」

治憲が北を指さした。

「あれは……白鷹山《しらたか》でございまする」

出迎えた愛宕社の神官が答えた。

「白鷹山というか、よい名であるな」

「古来より、あの山は豊作の神として、崇《あが》められておりまする」

神官が付け加えた。

「豊作の神。吾《われ》もあやかりたいものだ」

遠くに見える白鷹山へ治憲は手を合わせた。

参籠《さんろう》は一夜を愛宕山で過ごす。その夜、治憲に須田伊豆が目通りを願った。

「大倹約令をお止めいただきたく」

二人きりの神殿で、須田伊豆が口を開いた。

「倹約がいかぬと申すか」

「いいえ。倹約の心については、たいへんけっこうなことと存じまする」

治憲の問いに、須田伊豆が首を振った。

「では、なにがいかぬと」

「倹約とは、他人に見せるものではございませぬ。内で目立たぬようにし、外に対しては今までと変わらぬふりをするのが真の倹約でございまする」

須田伊豆が述べた。

「ほう、藩もそうするべきだと言うのだな」

「さようでございまする。上杉家には代々の格式というのがございまする。その格式を維持できねば、世間の笑いものとなりまする。そしてそれは、殿ご一代だけでなく、子々孫々、上杉家があるかぎり続くのでございまする」

「続くか、このままで上杉が」

冷たい声で治憲が訊《き》いた。

「続けさせるのが、殿のお仕事でございまする」

「奉行たちは見ているだけか」

「いいえ。殿をお助けするのが、我らの役目でございまする」

皮肉にも須田伊豆は応じなかった。

「家を続けさせるのが、仕事ならば、余はこのまま進む。すでに、世間体などを気にしていられる状況ではない」

治憲は拒絶した。

「殿、どうあっても」

「くどい。下がれ」

言いつのろうとする須田伊豆を、治憲は叱るようにして、去らせた。

「ものごとが見えてないのは、おまえたちじゃ。見栄で領民の腹は膨れぬ」

一人になった治憲は、嘆息した。


愛宕山での須田伊豆とのやりとりが、最後となった。

それ以降、まったく宿老たちは、治憲へなにも言わなくなった。

治憲は毎日に忙殺され、宿老たちのことを気に掛ける暇《いとま》を失っていた。

六月二十七日、ついに宿老たちが動いた。

竹俣当綱他、改革に尽力していた藩士たちを出仕《しゅっし》停止にした宿老たちが、そろって登城した。

奉行千坂高敦、色部修理、江戸家老須田伊豆を始めとし、侍頭長尾《ながお》兵庫《ひょうご》、清野《きよの》内膳《ないぜん》、芋川縫殿、平林《ひらばやし》蔵人《くろうど》の七人が、治憲へ目通りを願った。

「なにか」

治憲が要件を問うた。

「ご家督以来……」

代表して千坂高敦が口上を述べ始めた。

「竹俣当綱ら奸佞《かんねい》の輩に迷わされ、ご政事よろしからず候《そうろう》につき、士民ことごとく上を恨み奉り候。各々《おのおの》連判をもって申し出《い》でるは、当綱に隠居仰せつけられ、かの者に従い徒党いたせし者を召し放しなさるべし。これらお許しなきとき、我らお役を勤め難く申しあげ候」

言い終わった千坂高敦が、背筋を伸ばし、まっすぐに治憲を見上げた。

「要は、竹俣当綱らを罷免し、大倹約令を撤廃せねば、一同が辞めると申すのだな」

治憲が確認した。

「さようでございまする」

一同が首肯《しゅこう》した。

「少し訊きたいことがある」

「なんなりと」

千坂高敦が応じた。

「さきほど、竹俣当綱を佞臣《ねいしん》と申したが、佞臣といえば、私腹を肥やすものじゃ。その証《あかし》があるのだな」

「それは……」

治憲の問いに千坂高敦が詰まった。

さらに治憲はたたみかけた。

「佞臣とは森平右衛門利真のような者をいうと思ったが、竹俣当綱も同じなのであろうな。一族を出世させたり、己の禄《ろく》を増やしたりしておるはずじゃ。余には当綱の禄を増やしてやった覚えはないぞ」

「………」

「当綱のことはおいておこう。そなたたちは、城下に怨嗟《えんさ》の声が満ちているという。余の耳には聞こえぬぞ。雨乞いのおり、先日の孝子表彰《こうしひょうしょう》のときなど、庶民と話したが恨み言などいっさい聞かされなかったぞ」

孝子表彰とは、庶民のなかで老いた親や祖父母へ、孝心厚き者たちを表し、米や金などを与えることである。今回はこの月の一日に、染物屋の孫娘、中山村の百姓の二人が対象となった。もちろん、治憲から直接手渡すことはないが、同席していた。

「それは、畏《おそ》れ多く、殿に直接申しあげられなかったのでございましょう」

千坂高敦が答えた。

「怨嗟の声とは、軽いものじゃの」

治憲はあきれた。

「かつて森平右衛門が、藩政を壟断《ろうだん》しておったころには、一揆《いっき》が起こったという。一揆こそ、百姓どもの恨みであろう。どこかで一揆が起こっておるのか。それとももうすぐ起こるのか」

「そのようなことは……」

今回もはっきりとした答は返ってこなかった。

そこへ重定が入ってきた。

「なにごとぞ」

宿老たちが、そろって治憲へ面会を強要したと知って、隠居所からやって来たのであった。

「これは義父上《ちちうえ》さま」

上座を治憲が譲ろうとした。

「治憲どのが当主じゃ。そこにあられよ」

首を振って、重定が治憲の隣に座った。

「かまわず続けよ」

重定が促した。

「はい」

黙礼した治憲は、宿老たちへと顔を戻した。

「返答らしきものは、ないようじゃの。それでは話になるまい」

治憲は冷たく言った。

「いいえ。殿はまだお若い。ゆえにお見えになっておられぬだけで」

「わたくしどもの言葉をお聞きになり、今より糺《ただ》されれば、間に合いまする」

色部修理、須田伊豆が、言いつのった。

「義父上さま。いたさねばならぬことがございまする。折角のご出座ではございまするが、これにてご免をこうむりまする」

しなければならないことはいくらでもある。治憲は、宿老たちとの会見に見切りを付けた。

「うむ。行かれよ」

一礼した治憲へ、重定がうなずいた。

「お待ちを」

立ちあがった治憲の袴《はかま》の裾《すそ》を芋川縫殿が押さえこんだ。

「なにをいたす」

主君の裾を摑《つか》み、その動きを掣肘《せいちゅう》するなど、無礼にもほどがある。治憲が気色《けしき》ばんだ。

「我らの言上、お聞きとどけになられるまで、放しませぬ」

芋川縫殿が下から治憲を睨《にら》みつけるように見上げた。

「放さぬか」

「いいえ」

治憲と芋川縫殿との間で、同じやりとりが数度おこなわれた。

「慮外者《りょがいもの》め」

不意に重定が怒鳴り声をあげた。

「養子とはいえ、吾が子に対し無礼なり」

重定が厳しく芋川縫殿を叱りつけた。

怒声は、一瞬で場を鎮めた。

「…………」

「大殿さま……」

叱られた芋川縫殿が呆然《ぼうぜん》とし、千坂高敦が驚愕《きょうがく》の声をもらした。

「分《ぶん》をわきまえよ」

重定の言葉に、宿老たちが沈黙した。

「藩政への提言ならば、どれだけかかろうとも傾聴するのが藩主の任。されど、きさまらのは、徒党を組んでの強訴《ごうそ》ではないか」

「しかし……」

「黙れ」

抗弁しかけた千坂高敦を、重定が押さえこんだ。

「数を頼みに、藩主の寵臣《ちょうしん》を排除する。森平右衛門のときと同じでないか。いや、まだ殺しておらぬだけましか」

重定が一同を見回した。

「相手が、出の低い森と違い、同じ侍組分領家の竹俣当綱だからであろう」

怒りも露わに重定が言った。

森利真は、与板組の軽輩から重定に見いだされ、藩政を預かるまでになった。ただ、重定の寵愛をよいことに、専横な振る舞いをしてしまった。竹俣家を減禄させたうえ謹慎させたり、身内を出世させたりと、まさに上杉家を思うがままにした。

それに侍組分領家が反発、竹俣当綱が森利真を誅殺《ちゅうさつ》するという結末を迎えた。

寵臣を殺された重定は脱力し、藩主の座を治憲へ譲って隠居した。

「大殿、お待ちくださいませ。我らは上杉家重代の家臣でございまする。藩のためを思えばこその振る舞いでございまする」

芋川縫殿が言いわけをした。

「上杉のためだと」

重定の顔にはっきりと嘲笑《ちょうしょう》が浮かんだ。

「森平右衛門を殺したのも、上杉のためであったの。ならば、竹俣当綱を誅して参れ」

「なにを……」

宿老たちが啞然《あぜん》とした。

「…………」

「余がなぜ平右衛門を殺されて、大人しくしたと思っておるのだ。人は死ねば二度と戻らぬ。余が甘かったゆえ、平右衛門は死なねばならなかった。そうわかったからじゃ。平右衛門は吾が手足であった。手足を奪われてなにができる」

「義父上……」

初めて聞く重定の心の内に、治憲は口にすべき言葉を持たなかった。

「治憲どのよ」

「はい」

重定に呼びかけられて、治憲が応えた。

「一代の間に寵臣という者を得ることは難しい。阿諛追従《あゆついしょう》をする者ではないぞ。政を任せられるだけの臣のことじゃ。平右衛門は、たしかに一門を優遇するなどよくない行動もした。だが、金のない上杉がなんとかなったのは、平右衛門のお陰であった」

寂しそうに重定が語った。

「役孳《やくそ》の増大など庶民へ負担を掛けたのも、上杉のため。そうせざるを得なかったからよ。藩が潰れるかも知れぬ状況だったのだ。明日喰う米がないのに、来年の田植えのことを気にできるか」

「………」

無言で治憲は同意を表した。

「上杉に生まれ、育った余には、倹約することなど思いもよらなかった。望めばなんでも手に入った。それが藩を圧迫していた。そう知ったのは、平右衛門が死んでからじゃ。離れてみて初めてわかった。ゆえに余は心から、治憲どのを養子としてよかったと思っておる。金がないならば、遣わねばよい。こんな簡単なことだったのだ。上杉を救うのは」

治憲から宿老たちへ、重定が目を戻した。

「あらためて訊く。そなたらは上杉のためじゃと言うのだな」

「……………」

宿老たちは沈黙した。

「大倹約令を撤回するかわりの案は当然あるのだろうの。芋川」

「まず格式を保つことこそ肝要でございまする。藩士たちが木綿ものを纏《まと》い、十分なものも喰わずに腹を空かせておれば、百姓たちから侮られかねませぬ。百姓どもに舐められては、隠し田などが増え、年貢が正しく集まらぬことと……」

「愚か者め」

聞いていた治憲が、思わず怒鳴った。

「なにも変わっておらぬではないか。百姓を絞れば、どうにかなると思っておる。上杉は、それを続けた結果が今であろう。百姓も生きねばならぬのだ。決められた年貢を納めぬ者には厳しく対処せねばならぬが、それ以上絞って、働く力までなくさせては、田が潰れる。より年貢は減るぞ」

「こやつらは、こんなものよ。奉行たちに手立てがあれば、平右衛門にさせなどせぬ。こやつらは、家柄に胡座《あぐら》を掻《か》き、なにもせぬ。平右衛門を殺した当綱ほどの覚悟もない」

重定が冷たく吐き捨てた。

「あまりでござる」

「いかに大殿でござっても、聞き捨てできませぬ」

千坂高敦と芋川縫殿が言い返した。

「ならば、大倹約令を廃してどうするのか、建白書《けんぱくしょ》を書きあげて参れ。代替えの案ができるまで目通りは許さぬ。下がれ」

治憲が命じた。

「当主に逆らうは、余に反するも同じ。いや、藩祖景勝公にたてつくことである」

「………………」

重定にも言われた宿老たちは、当初の目的を果たせず、下城するしかなかった。

二

一旦《いったん》引いたとはいえ、芋川、千坂ら宿老たちの行動は、家中への影響が大きい。治憲は重定と協議のうえ、七家を除く家中の主《おも》だった者を召した。

まず、出仕を止められていた竹俣当綱らを呼んだ。

続いて、一門に匹敵する武田主馬《たけだしゅま》始めとする高家衆《こうけ》、侍組分領家《さむらいぐみぶんりょうけ》に次ぐ平分領家などの高禄の士から、組外扶持衆《くみほかふち》たち下級藩士まで総登城させた。

「一同、千坂高敦らより、このような訴えが出ておるが、聞き及んでおるか」

治憲の問いに、登城した全員が知らないと首を振った。

「この者たちに賛同する者は名乗り出よ」

やはり全員が否定した。

「よし」

藩士たちの態度を見て、治憲が決断した。

「勇をもって進む」

細井平洲の教えを、小さく呟《つぶや》いた治憲は次々に命を出した。

「城の諸門を厳しく固めよ。七家の者どもは当然、許しなき者の通過を許すな」

なんといっても叛《はん》した七家は名門である。それぞれに家にも相当数の臣がおり、同調する藩士がいないともかぎらないのだ。

治憲は、まず城を固めた。

「藩境に人を出せ。詰め所の番人を倍に増やし、七家にかかわる者を出すな」

続いて治憲は、国境を封じた。

追い詰められた七家の者が国を脱し、幕府へ訴え出るのを防ぐためである。

「町奉行所の者ども、城下の見回りを厳重にいたせ。無役の者どもも出て、火の用心に努めさせよ」

万一の暴発にも備えてから、治憲は千坂高敦ら七家の当主へ登城を命じる上使を向かわせた。

「病を言い立てたなら、駕籠《かご》を使ってでも連れて参れ」

治憲が厳しく告げた。

「待て、まず、物見《ものみ》を出せ」

重定の助言にしたがって、一家につき三人が走った。これは、七家の者たちが、戦《いくさ》の用意をして、屋敷に籠もろうとしているかどうかを確認するためであった。

一戦する気ならば、こちらもそれに応じた用意が要る。

「各家、異変は見えませぬ」

物見の報告を受けて、治憲はうなずいた。

「よし、行け」

鉢巻きをし、たすき掛けした物々しい出で立ちの藩士たちが治憲の命を受け、城下へと出て行った。

千坂高敦には二十七人、他の六家へは二十六人、合わせて百八十三人が動員された。

米沢藩の歴史にない騒動が始まった。

「御用有り、ただちに登城すべし」

「承知つかまつった」

もとより、謀叛《むほん》など考えてもいない千坂高敦らは、治憲の召喚に従った。

城の大手門は閉じられ、七人の宿老たちは、潜《くぐ》り門から入らされた。すでに宿老としての格に応じた扱いではなくなっていた。

「両刀、懐中《かいちゅう》のもの一切をお預かりいたす」

玄関にて出迎えた町奉行が言った。

「無礼なことを申すな」

「町奉行風情が、我ら侍組分領家にきける口か」

「殿の命である」

芋川縫殿、須田伊豆らの反論もむなしく、すべては取りあげられた。

「罪人か」

式台をあがった七人の宿老たちは、三の間で待機させられたが、一人を四人の藩士たちで囲まれるという仕打ちを受けた。

「どういうことじゃ」

須田伊豆が混乱した。

「我らは不識庵《ふしきあん》謙信公以来、忠節を重ねてきた家柄ぞ」

「…………」

怒鳴りつけるように叫ぶ須田伊豆へ、居並ぶ藩士は誰も応じなかった。

千坂らを呼び出したはいいが、家中名門をどうすべきか治憲は悩んでいた。七家は上杉重代の功労ある家柄であり、己は当主であるものの養子でしかない。上杉の歴史に傷を付けるおそれに治憲は戸惑った。

「そなたが当主である。今後も上杉を背負う覚悟を見せるときぞ」

家中へ決意を示すべきだと告げて、重定は隠居所へ戻っていった。

「覚悟……すべての責を負えか」

治憲は呟いた。

正念場だと治憲もわかっていた。千坂にせよ、須田にせよ、上杉を代表する家臣でである。諸藩に名前も知られている。どういう裁定をしても、注目を浴びることは確かであった。

「家中の動揺も大きい」

まだ治憲は藩主となって六年、養子に来てからでも十三年にしかならない。その治憲が代々の重臣を裁く。どうしても家中に陰を残すこととなる。

「誰に話もできぬ」

竹俣当綱は側近であったが、立場は家臣でしかない。同じ奉行たちの結末に責任を持たせられない。唯一、治憲が相談できる重定は、あっさりと逃げた。

まだ二十三歳の治憲に、この騒動は重かった。

「平洲先生が、この場にいてくだされば」

治憲は細井平洲を心から欲した。しかし、細井平洲は遠く江戸にいる。

「いや、先生に頼ってはならぬ。上杉の士民のすべては吾の責である」

強く頭を振って、治憲は弱気を追い出そうとした。

「藩を生かすか、潰すか」

最後はそこに行き着く。

「殿」

廊下から声がかかった。

「千坂高敦ら七家の者、登城つかまつりましてございまする」

側役が報《しら》せた。

「うむ」

うなずいて治憲は立ちあがった。

「上杉百年のためである。後悔など、死んでからいくらでもできる」

治憲は覚悟を決めた。

「当綱をこれへ」

裁きの内容を伝えるために、治憲は竹俣当綱を呼んだ。


裁きの間には書院が使われた。

書院上段の間に腰をおろした治憲は、すでに集まっている家臣たちの顔を見た。左手、上段と下段の間の敷居際には竹俣当綱が、右手には城代《じょうだい》が座していた。また、万一に備えて、治憲の後ろに十人の近習《きんじゅ》、右手の控えには十五人の三十人頭が控えていた。

「よろしゅうございますか」

竹俣当綱が問うた。

「…………」

無言で治憲はうなずいた。

「千坂高敦を連れて参れ」

待つほどもなく、千坂高敦が四人の藩士に囲まれるようにして入ってきた。

「そこへ」

竹俣当綱が指示したのは、下段の間の向こうの控えの間の中央である。左右に八人ずつ藩士が並ぶ間に、千坂高敦が座らされた。

千坂高敦の背後には、鉢巻きたすき姿の捕り方が、三人控えていた。

「殿。これは……」

「黙れ。許しなく口を開くな。ここは評定《ひょうじょう》の場ではない」

不満を言いかけた千坂高敦を、竹俣当綱が遮った。

「評定の場ではない……」

千坂高敦が顔色を変えた。

評定とは、罪のあるなしを議論する場である。当然、当事者の弁明も許されていた。評定でないとは、千坂高敦の罪と罰は決まっているということであった。

「千坂高敦、その方、今般申し出たる竹俣当綱奸佞の儀もなく、また民の帰服に相違もなし。己の私怨《しえん》をもって政を讒《ざん》し、さらに徒党を組んで主君へ強要を仕掛けたること不届き至極。重き罪科に処すべしなれど、先祖の功に免じてその段差し許し、隠居謹慎の上半知《はんち》召し上げるものなり」

竹俣当綱が治憲の決断を言い渡した。

静まりかえった書院の間で、千坂高敦の荒い息だけが、響いていた。

四十名をこえる者たちが、ただ千坂高敦を見つめていた。

「お、お待ちを」

千坂高敦が、抗議の声をあげようとしたが、周囲の雰囲気に力を失った。この場に味方がいないことを、千坂高敦はさとった。

「連れて行け」

町奉行が命じた。

「お立ちあれ」

うなずいて、千坂高敦を取り囲んでいた四名の藩士たちが促した。

「…………」

悄然《しょうぜん》と千坂高敦は控えの間を出ていった。

「次、須田伊豆をこれへ」

振り返って治憲へ一礼した竹俣当綱が、裁定を進行させた。

「当綱、これはなんの茶番ぞ」

須田伊豆が杉戸を入るなり怒鳴った。

「殿の御前である。鎮まれ」

厳しい声で町奉行が制した。

「くっ」

治憲の姿を上座に見つけた須田伊豆が、唇を噛《か》んだ。

「須田伊豆満主……」

千坂高敦と同じ内容を語った竹俣当綱だったが、最後だけ違った。

「……徒党の本人も同然たる者にて、国家の騒動を企てたるは、不届き至極。不忠者につき……」

一拍、竹俣当綱が空けた。

「……家名断絶のうえ、切腹申し渡す」

竹俣当綱が告げた。

「切腹……」

さすがの須田伊豆も思わぬ厳しい裁断に顔色をなくした。

「引き立てよ」

呆然《ぼうぜん》としたまま須田伊豆が退場させられた。

粛々と裁定は続いていった。

「色部修理、隠居閉門の上、知行の半知を召し上げる」

「隠居閉門の上、知行のうち三百石を召し上げる」

三人の侍頭長尾兵庫、清野内膳、平林蔵人は役職が執政でなかったおかげで、少し軽い処分となった。

「芋川縫殿、徒党の本人も同然であり、不届き至極。不忠者につき、家名断絶、切腹を申し渡す」

侍頭ながら、先日治憲の裾を握りその動きを制したことを重く見られて、芋川縫殿は死を命じられた。

「あまりでござる」

切腹と聞かされた芋川縫殿が叫んだ。

「森平右衛門は抗弁《こうべん》の間も与えられなかったぞ」

治憲が芋川縫殿へ、冷たい声をかけた。

「そなたはまだ当主ではなく、先代のときであったが、知らぬとは言わせぬ。争いというのはこういうものであろう。勝てば浮き、負ければ沈む」

「森を刺したのは、竹俣当綱でござる」

芋川縫殿が、竹俣当綱を指さした。

「そうじゃ。そして二度の争いで二度とも勝ち、そなたは一度も勝てなかった」

竹俣当綱に代わって、治憲が言った。

「目障りである」

治憲の一言で、芋川縫殿は連れて行かれた。

罪人となった七人は、玄関ではなくお守番所の縁石から下城させられ、刑は翌日執行された。また、七人のうち生存していた前当主たちにも逼塞《ひっそく》が科された。

「残るは一人じゃ」

細井平洲の策に反対を唱え、治憲へ敵対してきた儒学者藁科立沢も処断された。

「討ち首申しつける」

武士としてのあつかいではない苛烈《かれつ》な処罰を与えることで、治憲は改革への決意を示した。

宿老七家を処断した治憲は、藩内の動揺を抑えるだけでなく、対外への手も打った。家老職以上は、幕府へ届けが出ている。それを勝手に断罪することは、お家騒動を疑われかねない。

治憲は、親族である尾張徳川家をつうじて幕府へ報せる形を選択した。

これは、かつて上杉重定が領地返納の相談をしたのが尾張徳川家であったことによった。重定の岳父《がくふ》徳川宗勝によって領地返還を告げられた幕府は、認められないという答を返してきていた。

それを治憲は利用した。領地返還を断った幕閣にも、今回の騒動の原因はあると、治憲は遠回しに伝えてもらったのだ。

幕府の執政たちは、己の経歴に傷が付くことを嫌う。

おかげで、上杉の騒動は、なんの咎《とが》めを受けることはなかった。

疲れ果てた治憲は、久しぶりにお国御前である豊《とよ》のもとを訪れた。上杉一門式部勝延の娘琴姫は、側室となって一年目にお豊の方と名を変えていた。

「ようこそのお見えでございまする」

出迎えた豊は、すぐに治憲の状況を把握した。

「皆、下がるように」

豊が人払いを命じた。

「お休みなされませ。ここに他の者の目はございませぬ」

歳上の豊が、母のように治憲の頭を抱いた。

「よくぞ、最後まで押し通されました。父が生きておれば、喜んだはずでございまする」

豊の父式部勝延は飼い殺されるだけの悲哀を嘆くことをやめ、娘の行く末を案じながら、昨年六月に亡くなっていた。

「いえ、身分をわきまえぬとのお叱りを承知で申しあげるならば、殿を褒めたはずでございまする」

「褒めてくれるか」

やわらかい豊の胸に顔を埋めながら、治憲は息を吐いた。

「はい。……お顔を拝見いたしとうございまする」

豊がそっと治憲の頭を動かし、膝枕《ひざまくら》の位置へと変えた。

「父が申しておりました。主君の仕事は血筋を残すだけだ。それ以外のことは、臣の任であると」

ゆっくりと治憲の頭を撫《な》でながら、豊が言った。

「かも知れぬな」

治憲が応えた。

「それを殿は変えられた」

豊が褒めた。

「人を殺さなければならなかった」

初めて、治憲は辛《つら》さを口にした。

切腹とはいえ、死ねと命じたのは治憲であった。これだけはどのような飾りものとなろうとも、藩主だけに与えられた権であった。

「…………」

無言で豊が治憲の目を見た。

「荒ぶるものを納めるのは和。男に対するに女。お好きになされませ」

豊がうなずいた。

「先に詫《わ》びておく」

乱暴に手を伸ばして、治憲は豊を夜具の上へ押し倒した。治憲のなかの獣が顔を出した。

三

強烈な粛清は、藩中を震えあがらせ、治憲の政策に反対する勢力は影を潜めた。

「米沢にあった農を探すように」

治憲は、志賀祐親《しがすけちか》と馬場次郎兵衛《ばばじろべえ》の二人を選び、江戸へやった。

農業技術の習得は難しい。どことも特産物の育成法は、門外不出のものとして秘しているのだ。それを教えてもらうには、それなりの見返りが要る。

金のかかることであったが、治憲は倹約の限界を見ていた。出るを制するだけでは、いつか息詰まる。入るをはかることこそ、上杉百年の要だと治憲は考えていた。

「ときがたらぬ」

七家騒動《しちけそうどう》の影響を抑えるだけで、国元での一年は終わった。

治憲は未練を残して、江戸へと向かった。

江戸へ入った治憲は、国元とこまめに連絡を取った。

「米に余裕があるときに、種籾《たねもみ》を貯めておかねばならぬ」

城下に備籾蔵《そなえもみぐら》を作らせた。

ここ数年、日照りが多く、米の稔りが悪い。年貢を多少減免したところで、百姓の手元に残る米は少ない。この情況が続けば、いつか飢饉《ききん》となり、それこそ種籾まで食い尽くす。種籾がなくなれば、翌年の田植えができなくなり、田植えができなければ、米が取れず、飢饉はより深刻になる。

それを治憲は怖れた。

「思いきったことをなさいましたな」

ようやく会えた細井平洲が感嘆した。

「勇を持ってなせばとの先生のお言葉を頼りにいたしましてございまする」

治憲は応えた。

「結構でござる。果断でなければ、政はできませぬ」

平洲は実学者である。机上の空論を嫌う。

「これで公の本気は知れ渡ったはずでございまする。この衝撃が残っている間に思いきった手を打ちましょう」

「思いきった手と言われると」

「公は、米沢藩の一年の金の動きをご存じか」

「いいえ」

問われた治憲は首を振った。

「誰が知っておりましょう」

「勘定方ならば」

「では、ご下問を」

「勘定方の者をこれへ」

ただちに治憲は勘定方を呼び出した。

「藩の金のことでございまするか。年貢のことならば、わたくしが承知しておりまするが、藩邸の費用などは、別の者でないと」

勘定方が答えた。

「すべてを承知している者はおらぬのか」

治憲の詰問に勘定方が首を振った。

米沢藩上杉家の金の動きを誰一人として把握していない。治憲は絶句した。

これでは、大倹約や殖産の振興の効果が出ても実証できない。

「大倹約のお陰で、これだけ支出が減りましてございまする」

「新田の開発で、年貢がこれだけ上がりました」

どちらの報告も嘘偽《うそいつわ》りないものだとしても、局所での結果でしかないのだ。

大倹約を進めたことで、要り用の金が遣えず、かえって状況を悪化させているところがあっても、別々の報告で統一されていなければ、その間の因果関係はつかめない。逆も同じである。新田開発で年貢は増えても、そのためにかかった費用の明細がわからなければ、損得は論じられない。

また、どちらも一年やそこらで効果が見えるというものではなかった。

数年にわたり、上杉家全体で鑑《かんが》みたとき、初めて成果が上がったかどうかの判定ができる。

「勘定方と執政の二つで藩の金の動きを把握させるべきでございまする」

「ただちに、会計一年帳を作れ」

平洲の助言を受けた治憲が命じた。

治憲は細井平洲だけでなく、江戸の御用商人三谷三九郎とも交流を深めた。

「新田開発だけでは届きますまい」

収入増の手段を相談した治憲へ、三谷三九郎が述べた。

「もう、田に適した場所など余ってはおりますまい。他のものをお試しになられるべきで」

先日の農業遊学は、三谷三九郎が提案したものである。

藩主へ直接意見できる。これは三谷三九郎が米沢藩から侍身分を与えられていたからであった。

米沢藩に数万両以上の金を貸している三谷三九郎は、その代償として家中序列十三位にあたる七百石の扶持を与えられていた。

もちろん、東北の大名たちへの金貸しを主としている両替商の三谷三九郎は、米沢藩だけでなく、秋田藩や会津藩などにも出入りし、それぞれから扶持を受けている。

米沢藩の士分とはいえ、領地へ指導に出向かせるとか、奉行職などの役目に就けるなど取りこむようなまねはできない。

藩邸へ招き、相談に乗ってもらうのが精一杯であった。

「なにがよかろう」

何代も前から米沢藩へ出入りしている三谷三九郎は、治憲よりよほどよく領内のことにつうじている。

「気候風土など、会津に近いと聞いておりまする。漆《うるし》などいかがでございましょう」

「漆か。塗りを始めよと言うか」

治憲が険しい顔をした。

会津には江戸時代初期から始まった漆塗り工芸があった。これは会津藩の重要な産業であり、厳重に保護されていた。また、会津藩はその祖保科正之が三代将軍家光の異母弟だったこともあり、幕府から格別な扱いを受けている。さらに上杉家は三代綱勝急死のおり、保科正之の尽力で藩を繋《つな》いだという恩もあって、会津藩とことを起こすのは、まずかった。

「漆器の製造まで手出しをいたしますと、数年では間に合いませぬ。また、今さら漆器を作ったところで、すでに会津塗や輪島塗などが名をはせておりますので、新規参入はまず難しゅうございましょう」

「漆を売るということか」

三谷三九郎の意図を治憲は悟った。

会津塗という需要が近くにある。さらに会津松平家とは、婚姻をかわしたこともあり、親しい関係にある。米沢でできた漆を売りこみやすい。

「問題は質でございまするぞ」

希望の光を瞳に灯した治憲へ、三谷三九郎が釘《くぎ》を刺した。

「会津塗の名前にふさわしいだけのものでなければ、縁を頼っても無駄でございまする。それどころか、今後米沢からなにも買ってもらえなくなりかねませぬ」

縁は縁、商いは商い。別のものだと三谷三九郎が念を押した。

「お武家さまは、そこのところをよくお考え違いなさいまする。縁に甘えるようでは商いはできませぬ。同じものを同じ値段で買うならば、縁は有力な商いの手段となりまするが、条件がちがえば、縁はかえって悪《あ》しきものとなりまする」

「わかった。ならば、漆を試しに植えさせ、その質を確かめさせよう」

「漆が取れるようになるまでには五年ほどかかりまする。他に桑《くわ》や椿《つばき》など、荒地でも育つものも手配なさいますよう」

三谷三九郎が、次善の手を忘れないようにと助言した。

桑の葉は蚕《かいこ》の餌《えさ》となる。椿の実は良質な油が取れる。ともに、特産品とまでいかずとも、十分産業としてなりたった。

「うむ」

熱心に治憲は耳を傾けた。

「桑の葉も椿油も売れなければ、領内で消費されればよろしゅうございましょう。他所から買わなくてすめば、藩から金が出ていかずともすみまする」

他所へ出ていった金は、領内で遣われない。しかし、領内で売り買いをすれば、遣った金はそのまま領民を潤す。

「本来は他藩の金を米沢に落とさせたいのでございまするが、それはまだ先のこと。今は外へ持っていかれぬことが肝心」

「なるほど。あいわかった」

三谷三九郎の案、そのほとんどを治憲は採用した。

御用商人とはいえ、一人を重用すると反発する者が出て、弊害が生まれる。それを理解していても、せざるを得なかった。

米沢藩は三谷三九郎に借りがあった。森利真のしたこととはいえ、藩の名前で一度御用商人の看板を奪ったのだ。江戸でも名の知れた豪商で、多くの大名へ金を貸しているる三谷三九郎にしてみれば、あのまま米沢藩との縁を断ちきっても問題はなかった。どころか、回収の目途のたたなかった借財を無理矢理でも返させる好機であった。それをせず、治憲の懇願に応じて、米沢藩の金主に戻ってくれた。

三谷三九郎の御用商人復帰は、干魃《かんばつ》による年貢の減収、江戸の大火で焼失した江戸屋敷の復興と、まさに泣き面に蜂状態の米沢藩にとって地獄で仏であった。

その代わり、役芋を始めとする漆、椿などの専売を、治憲は三谷三九郎へ許した。買い取りの値段を三谷三九郎へ任せることは、藩の収入を預ける行為であり、三谷三九郎次第で、米沢藩の危機を招きかねないが、背に腹は代えられなかった。

一生懸命育てた作物を、相手の言い値で持っていかれる。苦労した百姓にとってたまったものではない。しかし、それを容認しなければならないほど、米沢藩は逼迫《ひっぱく》していた。

もちろん、三谷三九郎の勢力増強を危惧した国元の御用商人、一部の藩士たちが、治憲へ意見を具申した。

「藩存亡の危急なり」

治憲は、それらを拒否した。

「二人の重臣を殺したのだ。ここで余が引くは、死んだ者への裏切りである」

須田伊豆、芋川縫殿と治憲の政策に反対した宿老を粛清した治憲は、背水の陣の心境であった。

二人は、見せしめであった。米沢藩上杉家を変えるために、抵抗した者を厳罰に処し、意見封殺をおこなったのである。一歩でも後退することは、治憲の敗北であった。

走り続けている治憲は、まだ二十五歳と若かった。政を支えてくれる家臣たちはいたが、国御前の豊に代わって、治憲の心を安らがせてくれる女が江戸には居なかった。

正室幸姫は、あいかわらず幼女のままであった。身体でも心でも治憲の安らぎとはならず、かえって負担であった。奥へ入った治憲は、どれほど疲れていても、幸姫が寝るまで遊びにつきあわなければならなかった。

そして幸姫が寝ている隣で伏す。これでは、若い男としての欲望の発散ができない。まだ女人を知らなければ、我慢のしようもあった。だが、治憲は豊の方を抱くことで、女を知ってしまった。男の荒ぶる性を受け止める柔らかい肉体、そして子のように抱きしめ、男を慰める優しい心遣い。江戸で治憲は、その両方を我慢しなければならなかった。

ならば奥へ行かなければすむというほど簡単な問題ではなかった。

治憲は婿養子である。

米沢上杉家の正統は妻の幸姫であり、治憲はその妻を娶《めと》ることで藩主となった。

つまり、治憲の替えはきくのだ。

事実、婿養子を離縁して実家へ戻し、あらたな夫を迎え入れるという話はないわけではなかった。

さらに倹約を推奨し、大幅に予算を削った治憲に、奥の女たちはよい感情を持っていない。

奥の女たちは、日頃男のいない生活を強いられている。その不満は、着物の新調、菓子などの購入で紛らわせてきた。それを治憲の大倹約で控えなければならなくなった。

本来ならば、奥が幸姫のできない閨《ねや》ごとを担う側室を用意すべきであるのを、女たちはわざと放置していた。

「ふうう」

政務と正室幸の相手。表でも奥でも治憲に安らぎは与えられなかった。

「妙を探せ」

ついに治憲は側役へ命じた。

しかし、妙の捜索はうまくいかなかった。

妙は、治憲を自家薬籠中《じかやくろうちゅう》のものにしようと考えた森利真によって、お付きの女中として側にあげられた。当然、その出自は森利真のつごうのよいものであった。森利真とのかかわりが深かったため妙の実家も、その失脚の影響を受けた。妙の兄は俸禄を減らされたうえ、下屋敷へ左遷され、妙も治憲のもとから去らされた。

歳上の妙にほのかな想いを抱いていた治憲だったが、婿養子となる身では、妙を側に置くことどころか、かばってやることもできなかった。

あれから九年経って、ようやく藩政を把握したが遅かった。

「しばしのときをお願いいたしたく」

参勤交代で国元へ発つ治憲へ、側役が願った。

妙の兄は、薄禄をさらに削られたことで、行く先を悲観し、藩を立ち退いていた。

そして兄について下屋敷を退去した妙の行方もわからなくなっていた。

「頼んだ」

治憲は、そう言って国元へ向かうしかなかった。

米沢へ着いた治憲は、ひさしぶりに豊の方と同衾《どうきん》していた。

「江戸へ来ぬか」

ことを終えた治憲が、豊の方を誘った。

「……殿。お許しを」

荒い息を整えて豊の方が首を振った。

「なぜじゃ」

「わたくしは国元におらねばなりませぬ。わたくしは殿を国にくる道具」

問われた豊の方が答えた。

「しかし、すでに豊を道具に使った者どもは力をなくしたのだぞ」

治憲も、豊の方が妙同様宿老たちの用意した足かせだと知っていた。

強く肩を揺さぶる治憲へ、そっと身体を寄せて豊の方が首を振った。

「わたくしも殿のお側におりとうございまする」

「なれば……」

「いいえ」

迫る治憲を宥《なだ》めるように、豊の方が足を開き、まだ力を失っていない治憲の逸物《いちもつ》を身体のなかへ受け入れた。

「なぜじゃ」

鞘《さや》へ入った太刀のように、その鋭鋒《えいほう》を治憲は納めた。

「騒動で隠れましたが、まだ殿へ心服していない者はおりまする」

「……おるであろうな」

治憲もわかっていた。上杉きっての名門を処断したことで、家中から治憲へ対する不平は聞こえなくなった。

それは治憲を怖れて隠れただけであり、消え去ったわけではない。

あまりの大きな変革は、受け入れることが難しい。これは将軍のお膝元であり、他藩の者とのやりとりも多い江戸よりも、刺激のない国元のほうが顕著であった。

「その者たちにしてみれば、殿は暴れ馬なのでございまする」

「………」

沸きあがる快楽に身を任せそうになりながらも、治憲は豊の方の言葉を聞き逃さぬように気を張った。

「二年のうち半分を江戸で過ごされる。殿のお姿がなく、江戸からは指示が来るだけ。そして、指示に従わねば、待っているのは厳罰」

「なるほど、暴れ馬じゃな。余は」

普段大人しい馬が、不意に荒れて、道行く人を巻きこんで被害を出す。

七家騒動が国元の家臣たちにとってそう見えたとしても無理はないと、治憲は納得した。

「わたくしは、その馬をつなぎ止めるための手綱《たづな》」

豊の方が腰をくねらせた。

「余を抑える人質か」

「はい」

「すまぬな。苦労をさせる」

治憲は理解した。国元は治憲の寵姫《ちょうき》を手元におくことで、安心したがっている。治憲は豊の方に詫びた。

改革を成功させるには、金を産む国元、それを使用する江戸表のどちらをも、治憲の思惑どおりに動かすことが肝要であった。いや、単なる消費地でしかない江戸表よりも、年貢や運用など重要な収入源である国元を疎《おろそ》かにすることはできなかった。

「いいえ。それが殿のおためになるならば、わたくしはうれしゅうございまする」

我慢できなくなったのか、豊の方が治憲へすがりついてきた。

「豊……」

若い治憲は、すぐ豊の方との行為に没入した。


国元で治憲は忙しい。新たな開墾地へ足を運び、百姓たちを激励したり、漆、桑、椿などの苗木を育てるために樹芸役場を設け、百万本の植林を監督したりと、席の温まる間もなかった。

「清野、長尾、平林の閉門を解く」

そんななか治憲は七家騒動の後始末を始めた。まず、五月二十七日、七家のうち罪の軽かった三家を罪から放った。

「須田、芋川、両家断絶せしが、先祖の功に鑑み、一門の須田平九郎《へいくろう》、芋川磯右衛門《いそえもん》へ二百石ずつ下し置かれ、侍組とする」

七月二日、斬罪となった須田伊豆と芋川縫殿の跡目を復活させた。

「千坂、色部の閉門を解き、嫡子相続を認める」

翌日、残り二家も赦され、七家が復帰した。二年ぶりに上杉家は正常に戻った。

第四章　邁進

一

七家を復帰させたことは、家中の雰囲気を和らげた。治憲の寛容な対応は、功を奏していた。

ようやく倹約も国元で浸透し始めた。

だが、相変わらず、藩士のなかには行状《ぎょうじょう》の悪い者がいた。

とくに扶持《ふち》方や蠟蔵《ろうぐら》番人などの薄禄《はくろく》の者に多かった。

「偽印《ぎいん》を用い、藩の公金を私曲いたしたことにより、佐藤武兵衛《さとうぶへえ》斬罪」

治憲は処断を言い渡した。

じつに安永四年（一七七五）だけで八人の藩士に咎《とが》を与えることとなった。

「民を守り導かねばならぬ武士が騙《かた》りをおこなうなど、論外である。今一度、武士の本懐《ほんかい》を見つめさせねばならぬ」

ただ咎めるだけでは、解決にならないと、治憲は二の丸長屋に武芸稽古所を設け、藩士たちへ武術を奨励した。

「武士は戦う者。上杉は不識庵《ふしきあん》謙信公以来武をもってきこえた家柄である」

博打や贅沢《ぜいたく》をするから、金が足らなくなる。また悪事をおこなうのも暇があるからである。剣術や槍《やり》の稽古ならば身体も鍛えられ、金もかからない。なにより、心を練ることができる。武術の鍛錬で心身を健やかにすれば、欲望に負けなくなる。

倹約の前に、人を変えねばならぬと治憲は気づいた。

当然、藩主は見本とならねばならない。だが、治憲に剣術の稽古をするだけの暇はなかった。

「鷹狩《たかが》りをなさいませ」

竹俣当綱が勧めた。

鷹狩りは多くの勢子《せこ》を使い、山や原から獲物を追い出させる。娯楽というより、軍事教練の一種であった。野山を駆け回ることから、行き帰りに領内視察もできる。

「名案である」

竹俣当綱の言葉どおり、領内の野山を歩くことで地勢を知り、野良仕事に励む百姓たちの姿を目の当たりにすることで、農の実地を肌で感じられる。

治憲は鷹狩りを何度も催した。


「また江戸か」

百万本の植林、開墾地の巡察、武術の奨励と、多忙な日々を過ごしていると、一年などあっという間に過ぎてしまう。

春の終わりは、上杉家参勤交代の季節でもあった。

「五年でよい。国元におりたいの」

治憲がぼやいた。

「そうしていただければ、どれだけ助かりましょう」

竹俣当綱が同意した。

「一年離れる。その間の苦労を見られぬのが無念じゃ」

直接新田を作るわけではないが、藩主たる治憲の在国かどうかは、藩士、領民の士気に大きな影響を与える。

「そのお心だけで、十分でございまする」

「頼んだぞ」

治憲が、竹俣当綱へ後事を託した。

領内の治世だけでなく、治憲にはもう一つ気がかりがあった。

豊の方が妊娠したのである。

国元にいる間、豊の方の体調に問題がなければ、連日身体を重ねてきたのだ。当然といえば当然の結果だが、治憲にしても豊の方にしても、初めての経験で、互いにどうしていいかわからなかった。

「どうやら、子ができたようで。恥ずかしゅうございまする」

子ができたことを告げる豊の方は消え入りそうであった。

豊の方は、すでに三十歳をこえていた。

長く寵愛《ちょうあい》を求めるのは女としての恥。武家の慣習からいけば、豊の方は、お褥辞《しとね》退をしていなければならなかったからである。

「なんの恥じることはない。大声で誇れ。吾《わ》が子であると」

治憲は豊の方を励ました。

お産は女の大役である。大役は大厄につうじる。少しでも安全を期するため、治憲は、懐妊を告げられて以来、豊の方と閨《ねや》を共にしていない。それは二人でいろいろ話し合うことを放棄したに等しかった。治憲は自らやすらぎのときをなくした。

「ときが足りぬ」

まさに後ろ髪を引かれる気持ちで、治憲は、出府《しゅっぷ》の準備に入った。

「畏《おそ》れ入りまするが……」

　米沢発駕《はつが》まであと十日ほどに迫った三月十九日、竹俣当綱が治憲のもとへ来た。

「なんじゃ」

「お仮養子のことでございまする」

　竹俣当綱が述べた。

　仮養子とは、参勤交代の最中に万一があったときのため、あらかじめ世継ぎを決めておくことである。将軍へお目見えをすませた世子《せいし》がいれば不要だが、治憲のようにまだ子供のいない大名は届け出ておかなければならなかった。

　仮養子の名前を書いた紙は、厳重に封じられたうえで、幕府へ提出された。無事に参勤を終えれば、封を開けられることなく書付は戻され、仮養子の話は白紙に戻る。

「思うところがある。ご隠居さまのもとへ、参るぞ」

　治憲は、竹俣当綱を連れて、先代藩主重定の御殿へと向かった。

「延千代どの、もしくは、保之助《やすのすけ》どののどちらかを養子にいただきたく」

　西の丸新御殿で出迎えた重定へ治憲が願った。

「仮養子か。ならばどちらでもよかろう」

気に留めたふうもなく、重定が答えた。

「いいえ。世子としていただきたい」

「なぜじゃ」

次の藩主としたいと言い出した治憲に、竹俣当綱が驚愕《きょうがく》し、重定が首をかしげた。

「豊が懐妊《かいにん》したところであろう」

「ゆえにでございまする」

訊《き》く重定へ、治憲が述べた。

「子が生まれても五歳になるまでは、家督が認められませぬ」

治憲の言葉は正確ではないが、幕府にはそういった慣習があった。なにせ、藩主は領地と領民、家臣団を率いるのだ。あまり幼すぎては、務められない。

とはいえ、他に跡継ぎとなる者がいなくては藩が潰《つぶ》れかねない。

そこで、幕府は七代将軍家継《いえつぐ》の故事にしたがって、五歳となっていれば、相続を認めていた。

「今、もしわたくしになにかあれば、三代綱勝さまの二の舞となりかねませぬ」

「たしかにの」

重定が理解を示した。

「しかし、世子にせずともよかろう。おぬしの子が大きくなるまでの繋《つな》ぎでよいであろう」

首をかしげながら、重定が確認した。

「いえ」

治憲が首を振った。

「藩に、家臣に、領民に、わたくしは無理を強いておりまする」

やむを得ないこととはいえ、治憲は上杉家に倹約を強制している。金を遣うなと命じているのだ。これは商人にとって厳しい。そして、商人が悪くなれば、ものを買ってもらっていた職人、百姓へも影響は及んでいく。

「今はまだ始まったばかりゆえ、さしたる事態にはなっておりませぬが、いずれ大きなひずみが出ましょう」

「それは、殿のせいではございませぬ」

竹俣当綱が否定しようとした。

「そうじゃ。余を含め、この状況へ追いこんだ代々の藩主が原因である」

重定も言葉を添えた。

「かたじけないお心遣い」

寂しく笑いながら、治憲が目を伏せた。

「恨まれるのは、わたくし一人でよいのでございまする」

須田、芋川の両家を復活させても、死んだ二人は戻ってこない。須田伊豆、芋川縫殿を死なせたことが、治憲を追い詰めていた。

「これから、わたくしはためらいませぬ。藩を生かすためには、鬼となりましょう。領民たちの恨みもよろこんで受けまする。次代によい家を継がせるため」

治憲は語った。

「それならば……」

「吾が子ではいかぬのだ」

言いかけた竹俣当綱を治憲が制した。

「余の子では、血が繋がれる。血は恨みをも受け継ぐ。それに、余は上杉の流れからはずれておる。本来の筋目《すじめ》へ戻すべきなのだ」

「なにをいうか。当主はおぬしなのだ。当主の子が跡を継ぐのが道理」

馬鹿なことを言うなと、重定が治憲を制した。

「藩主の子ではございませぬ、わたくしは。そして、藩主の子が二人おられる」

「ううむ」

重定がうなった。子ができぬからと治憲を養子にするなり、重定には実子ができていた。その子供こそ、上杉にとって嫡流《ちゃくりゅう》であった。

「なにも今でなくとも」

ゆっくり考えてからでよいのではと、竹俣当綱が提案した。

「いや、子が生まれる前でなければならぬ。生まれた子が女ならばよいが、もし男なれば……人が集まる」

人が集まるとは、治憲の子を藩主とすることで、己も栄達をしようとする家臣たちが出てくることだ。

「さすれば、藩が割れる。家督相続で争っている余裕など、上杉にはござらぬ」

覚悟を決めていた治憲に、竹俣当綱と重定は言い返せなかった。

泣きそうな目で重定が治憲を見つめた。

「すまぬ。豊を与えるべきではなかった。そなたにこれほど辛《つら》い思いをさせねばならぬとはな」

詫《わ》びを口にした重定は、意を決したように背筋を伸ばした。

「保之助を養子とせい」

重定が告げた。

「よろしいのでございまするか。保之助君《ぎみ》は弟さま。嫡男の延千代さまを跳びこえることとなりまするが」

竹俣当綱が危惧《きぐ》を表した。長幼の順を狂わせることは、もめ事のもととなる。

「延千代は身体が弱い。とても治憲どのの跡を受け継げまい」

治憲の呼び方を、重定は変えていた。

「家中の者どもの口出しは許さぬ」

重定が宣した。

「治憲どの。国元のことは心おきなく、上様へ忠節をお尽しあれ」

「はい」

一礼して治憲がうなずいた。

翌日、治憲は、保之助を世子とすることを公表、傅育《ふいく》役などをあらためて任じた。

「勝手なことをした」

出立前夜、豊の方のもとへ出向いた治憲は頭を下げた。豊の方の父勝延は当主の控えとして、飼い殺しにされた上杉一門であった。我が血筋を引く者に藩主をという勝延の悲願を治憲は潰した。

「いいえ、よくぞなされました」

謝る治憲へ、微笑みながら、豊の方が首を振った。

「生まれてくる子に、勝手な思いを押しつけることはいたしたくありませぬ。藩主になれようが、なれまいが、そのようなことはどうでもよろしゅうございまする」

膨らんだ腹を撫《な》でながら、豊の方が続けた。

「ただ、健やかに長寿であってくれれば」

「……………」

閨で見せる女の表情ではなく、母の顔をした豊の方に、治憲は見とれた。

治憲の思いを無視して日は過ぎ、参勤交代の行列は米沢を発《た》った。

江戸へ入った治憲は、藩主ではなく徳川家の家臣となる。式日《しきじつ》として定められている日ごとに登城し、将軍の機嫌を取ったうえ、さらに同格の大名たちとの交流をしなければならなかった。

「無駄な……」

登城し、国持ち格上杉家の席次である大広間《おおひろま》三《さん》の間《ま》に一日詰めていることほど、治憲にとって苦痛はなかった。

江戸城中にあっては、上杉十五万石の主といえども、家臣一人連れることはできず、何一つできないのだ。書きものさえ許されていない。ただ、同格である従四位下侍従《じゆしいのげじじゆう》の官位を持つ大名たちと噂話《うわさばなし》をして、一日を過ごす。一刻とて惜しい治憲だが、これは大名の責務であり、おろそかにはできなかった。

「余がおらぬ間の米沢を引き締めていただきたい」

ふたたび下向してくれるよう、治憲は細井平洲に頼んだ。

「承知いたしました」

治憲の改革を指導してきた平洲は、こころよく引き受けた。

「秋には米沢へ入れるようにいたしまする」

といっても、弟子も多く、他の大名家からの引きもある細井平洲が身軽に動けるわけはなかった。

「なるべく早くお願いいたしまする」

己が居なくなった国元を支えるには、藩士領民すべての意識を変えなければならなかった。そのためには、細井平洲の教養を拡げるほかないと治憲は考えていた。

平洲の快諾を受けて、懸念の一つを払った治憲のもとへ、国元よりなによりの吉報が届いた。

「お豊の方さま、男子ご出産」

「豊は無事か」

「母子ともにお健やかでございまする」

気遣う治憲へ、使者が答えた。

寵愛の側室が子を産んだ。

しかし、母子二人とも米沢なのだ。会いたくとも顔を見ることさえできない。

「吾が幼名を与える。直丸《なおまる》と名付けよ」

治憲にできることは、名前に愛情をこめるしかなかった。治憲は、己が幼少のおりに使っていた名前を譲ることで、吾が子との繋がりを見せた。

「身体をいとうようにと、豊へ伝えてくれるよう」

命をかけて吾が子を産んでくれた愛《いと》しい女へ、直接声をかけることもできない。思うことさえできぬもどかしさに、治憲はため息さえでなかった。

次の参勤交代まで、治憲は味気ない日々を黙々と過ごした。

二

翌年、逸《はや》るように米沢へ入った治憲は、重定へ帰国の挨拶《あいさつ》をすませると、奥へと急いだ。

「豊」

「殿さま」

奥では少しふっくらとした豊の方が待っていた。

「身体はどうじゃ」

「お心遣いありがとうございまする。大事ありませぬ」

気遣いに豊の方がうれしそうに答えた。

「直丸はどこじゃ」

「こちらへ。先ほど寝付いたばかりでございまする。畏れ多いことではございますが、お静かにお願いをいたしまする」

豊の方が隣室へと治憲を案内した。

「これは殿」

添い寝していた乳母が慌てて起きようとした。

「よい、そのままでおれ」

治憲は、手で乳母を抑えた。

「これが吾が子か」

初めて見る直丸に、治憲はなんともいえぬ感情が湧《わ》いてくるのを感じていた。

子供というのは不思議なものであった。

「これほど愛しいものであるとはな。顔を見る度にかわいく思う」

忙しい日程の合間を縫って治憲は、何度も直丸の顔を見に来ていた。

「江戸表におられたこともございましょう。人は離れると情が薄れるとか申しまする」

「そういうものかの」

豊の方の言葉に治憲は首をかしげた。

「はい。人は忘れることで生きていけるのでございまする」

「忘れられるのか」

治憲は己が秋月から養子に来てからのことを思い出してみた。なにもかもが鮮明に、脳裏へ浮かんでくる。

「でなくば、わたくしは殿のお褥をご遠慮いたしておりまする」

小さく豊が首を振った。

「どういうことぞ」

「子を産むときの痛みは、それほど強いのでございまする」

豊が頬《ほお》をゆがめた。

「直丸を産みましたときは、もう二度と経験いたしたくないと思いましたゆえ」

「それほどか」

男には決して理解できないことであった。

「それでも、今は違いまする」

治憲の腕のなかで豊が表情を緩めた。

「違うのか」

「はい。痛みは日に日に薄れ、吾が子は益々愛しくなっていきまする。なにより殿のお側におれますことが、うれしゅうございますので」

頬を染めた豊が、恥ずかしそうに治憲の胸へ顔を埋めた。

「豊……」

普段、姉のように接する歳上の豊が、時々見せる娘のような仕草が、治憲には好ましかった。

治憲は、豊の方を抱いた。そして、豊の方がふたたび身ごもった。

公私の私は順調な治憲であったが、藩政に目に見えての好転はなかった。

農政の改革は一年、二年で結果の出るものではない。効果が見えるだけでも五年十年、百年先にようやく実ることとさえある。

しかし、人はすぐに形あるものを欲しがる。とくに倹約という苦行を強いられているのだ。努力のおかげでこれだけのものが生まれたとの確認を欲しがるのも当然であった。

成果を見せるため、治憲は新たに町屋のための備蓄蔵を作った。

義倉《ぎそう》と名付けられたそれは、飢饉になっても藩は民を見捨てないとの意志表示であった。と同時に荒れ地開墾の一部が、ようやく米を得られるまでになったとの証拠でもあった。

その一方で、治憲は己の定めた倹約を、一度破らざるを得なかった。

「江戸の薫りがなつかしい」

義父重定の要望で、治憲は江戸から能役者金剛三郎《こんごうさぶろう》を米沢へ招く手配を命じた。七家騒動のおり重定が味方してくれたことへの礼であった。

藩士たちに金を遣うなと命じながら、義父のために散財する。矛盾に苦しんだ治憲は、領民の機嫌もとらなければと考えた。江戸からの役者を迎えて喜んだ重定を見て、治憲は締め付けるばかりでは人はもたないと気づいたのだ。

領内で九十歳をこえた者を城へ呼び、治憲はみずから饗応すると告げた。

「そのようなことを殿がなさるなど」

身分差というものを口にする家臣もいたが、治憲は押しきった。

「余を含め、若い者へ知っていることを教えてくれるように」

席上で治憲は老人たちへ頼んだ。

「農は経験でございまする。いつ種をまけばよいのか、いつ刈り取れば一番よいのか。それは、暦《こよみ》に書いてあるものではございませぬ。苦労とともに手にした長年の経験でございまする」

実学者の細井平洲の言葉である。それを治憲は忠実におこなおうとしていた。

安永七年（一七七八）の正月を迎え、豊の方のお腹はかなり目立つようになった。

「なんとも不思議なものじゃ」

長男の直丸のおりは、江戸にいたこともあり、妊婦の変化を知らなかった治憲は、豊の方の変化に目を見張っていた。

「参勤までに生まれてくれるかの」

治憲が次子の誕生に同席できることを願った。

上杉の参勤交代は四月と決まっている。三月中に米沢を発たねばならなかった。

「予定では間に合うかどうか」

豊の方が難しい顔をした。

「なんとか産んでくれ」

「これぱかりは」

頼む治憲に、豊の方が首を振った。

といったところで、治憲は多忙であった。豊の方の側につきっきりとはいかなかった。

雪のなか、治憲は城を出て、北寺町の縮《ちぢみ》製造所へと出向いた。

昨年、米沢は小千谷《おぢや》より縮職人を招いて、藩士の妻娘にその技術を学ばせていた。少しでも金を稼ぎ、藩士生活の助けとするためであった。

「辛くはないか」

一生懸命に学んでいる藩士の妻女や娘に、治憲は声をかけた。暖を取るための炭さえ、満足に与えられていないのだ。

「お言葉かたじけなく存じまする。なれど辛くはございませぬ。わたくしどもが、縮を作れるようになれば、少しでも豊かになりまする。それを想えば楽しみでございまする」

「頼もしきことよ」

代表して歳嵩《としかさ》の妻女が答えたのに、治憲は感動した。

やがて参勤の期日となる三月の末が来た。

「街道雪にて道中できず、参勤の日延べを幕府へ願いましてございまする」

竹俣当綱が気をきかしてくれた。おかげで、治憲は次男誕生を見ることができた。

次男の誕生を受けて、治憲はもう一度家中へ布告を出した。

「家々嫡子《ちゃくし》名跡に遣わし候御締まり命」と名付けられたそれは、嫡子は天より授かりしものゆえ、他の名跡へ養子に出すことを今後禁じるというものであった。

嫡子とは、長男という意味ではなく、家を継ぐと決められた子供のことである。

これは、治憲の実子ができたことで、藩中にその血筋に上杉を継がせるべきという風潮が出てきているのを抑えるためのものであった。

養子とはいえ、すでに重定の息子保之助が治憲の嫡男となっている。

もし、治憲の長子直丸を藩主跡継ぎにするならば、保之助を廃さなければならない。

だが、すでに保之助には多くの藩士が付けられている。保之助が次の藩主でなくなれば、その者たちも不要になる。当然、冷遇されると決まった者たちは、保之助廃嫡に、すさまじい抵抗をする。それに対し、直丸を跡継ぎにして、己が出世したいと考える者たちは圧迫をかける。結果、藩士たちが二つに割れる。

家中に派閥を作って、いがみ合うことを治憲は執拗《しつよう》なまでに禁じた。

「寛之助《ひろのすけ》と名付ける」

次男の誕生を見届けた治憲は、参勤の支度に入った。

「焦られるな」

出府《しゅっぷ》する治憲を、細井平洲が見送りに来た。

「わかってはおるのでございますが」

平洲に、治憲は宥《なだ》められていた。

「天下がさだまってから、百七十年かけてご家中は難しくなっていったのでございまするぞ。一、二年でよくなるほど甘くはございませぬ」

「家中の者に成果を見せてやりたいのでございまする」

治憲も改革がすぐに芽を吹くとは思っていない。国元では、逸《はや》る家臣たちを宥めることも多い。それだけに、腹蔵のない意見を言える平洲には甘えてしまうのだ。

「公《こう》一代の仕事ではございませぬ。そう、三代かけておこなうものだとお考えになられよ。公は、地固めだけでよろしいのでござる。上杉の先まで決めてしまうのは、いけませぬ。それはそのとき生きている者へお任せになるべきでございますぞ」

やり過ぎは、かえって藩の将来に枠をはめてしまうと平洲が、治憲を戒めた。

「三代も、上杉はございましょうや」

師への反駁《はんばく》を治憲は、口のなかに止め、駕籠《かご》の人となった。

江戸での一年は、治憲にとって米沢の冬に等しかった。

倹約を家中に厳しく言うだけで、他にはなにも実りのあることができないのだ。治憲は、国元へ帰る日を心待ちにしていた。

「後を頼む」

江戸家老広居図書忠紀《ひろいずしょただのり》に言い残して、治憲が江戸を発ったのは、安永八年（一七七九）五月二日であった。例年国入りは四月の中頃に出立と決まっていたが、遅れたのは幕府の不幸によった。

十代将軍家治《いえはる》の嫡子家基《いえもと》の急死が二月二十四日に発表されたのである。

家基は、家治の長男で宝暦十二年生まれで十八歳であった。すでに世継ぎとして西の丸に移り、十一代将軍としての体裁を整えつつあった。その家基が二月二十一日、鷹狩りに出かけた先で急病を発し、奥医師総動員の看病も虚しく、三日後の二十四日に死去した。

もちろん、家基急病の噂はとうに流れていたが、幕府から公表されるまでは、知らない振りをするのが決まりであった。当然、見舞いなど論外である。

家治の次男はすでに亡くなっており、残された将軍直系の容体は大名にとって無関心ではいられなかった。皆、参勤の日を延ばし、固唾《かたず》を呑んで見守っていた。

その家基の死は二月二十四日、西の丸へ総登城の命を受けて集まった大名たちに報《しら》された。同時に家基の葬儀は、三月十九日と決まった。

江戸にいる大名たちは、家基の葬儀に参列しなければならない。

いかに四月が参勤交代の月とはいえ、葬儀だけでなく、七日法要など、家基関連の行事が終わるまで、治憲は江戸を出立するわけにはいかなくなった。

ようやく老中から国入りの許しが出たのは、四月二十一日であった。といってここまで延びれば、五月一日の端午《たんご》の年賀登城を無視もできず、出立はその翌日となった。

治憲を見送った後、小姓頭莅戸九郎兵衛善政《のぞきくろうひょうえよしまさ》は、江戸の町を尋ね歩いていた。

「もと上杉の家中でな。武藤小平太と申す者を知らぬか」

莅戸九郎兵衛は、妙の行方を追って、上杉家下屋敷近隣の寺を訪ねて回っていた。

藩にとって罪人となった森利真とかかわりのあった女を探しているのだ。藩中にはいまだ、森一派に対し悪感情を持つ者は多い。藩主治憲の願いとはいえ、妙の捜索を表だっておこなうわけにはいかず、莅戸九郎兵衛とその腹心数名だけで従事していた。ために、なかなか結果はでなかった。

禄を離れた浪人者というのは悲惨であった。もとの家禄が数百石もあれば、まだ財もあり、伝手《つて》もあるのでいきなり困窮することはないが、数十石あるいは扶持米取りとなれば、蓄えなどないにひとしいうえ、頼れる親戚《しんせき》や知人もまずいない。

そういう藩士が浪人したときに、すがるのが寺であった。

人を助けるのは出家の役である。よほど格式の高い寺や、限定された家門のために作られた祈願寺などは、まず浪人を受け入れてくれないが、普通の寺院ならばなんとか面倒を見てくれる。

もちろん、無限ではないし、食事などは自前である。それでも雨露を防ぐだけの場所は与えてくれる。身の振りかたが決まるまで、寺に寄宿する浪人は多かった。

「かなり前になりまするが、当寺にしばらく滞在をなされておりました」

ようやく莅戸九郎兵衛は、武藤小平太の足跡を見つけた。

「どこへ行ったか、ご存じではござらぬか」

思わず身を乗り出すようにして莅戸九郎兵衛が訊いた。

「浅草のほうの長屋を借りたはずじゃ」

住職が思い出してくれた。

浅草は、金龍山浅草寺《きんりゅうざんせんそうじ》の門前町として発展し、日本橋や両国と並んで、繁華なところであった。浅草寺の参拝客をあてこんだ店が多く、それだけ仕事もある。人が集まれば、住むところもできるのは当然であり、浅草寺付近の辻を少し入れば、いくつもの棟割り長屋があった。

「探しようがない」

浅草というだけで、浪人者の一家を特定することはできなかった。

「浪人の兄妹、そんなものでしたら、そのへんの長屋を訪ねてご覧なさい。どこにでもいやすから」

問うた町人に、莅戸九郎兵衛はあしらわれ、途方に暮れた。

「礼はする。武藤という名の浪人兄妹を見つけたら、上杉まで報せてくれ」

「上杉……」

町人がうさんくさげな顔をした。なにせ、金気抜きのまじないに使われるほどの貧乏藩として知られているのだ。手間をかけたが、あいにく手元不如意であるとごまかされては、たまったものではない。

「儂《わし》は莅戸九郎兵衛という。儂が約束するゆえな」

莅戸九郎兵衛は下手に出た。米沢では、まだ武家は尊敬されている。しかし、将軍の膝元《ひざもと》、天下の城下町江戸では、旗本をはじめとして多くの武家が集まるため、その値打ちは低い。参勤で出てきた田舎侍など、庶民から面と向かって浅黄裏《あさぎうら》と馬鹿にされるのだ。腹を立てて刀を抜けば、町人を征伐できても、将軍のお膝元を騒がせたとして、己の腹も斬らなければならないのだ。無礼討ちも主君を馬鹿にされるなど、特別な理由がないと認められないこともあり、庶民の態度は悪かった。

「よしなにの」

腰を低くして、妙の行方が知れたら教えてくれるように頼んで、莅戸九郎兵衛は別命を果たすため、米沢へと走った。

九月三日、豊の方、直丸、寛之助らとの日々で英気を養った治憲は、近臣を連れて
「巡察に出る」
下長井へと巡行した。
下長井は、最上川《もがみ》に面した水運の要所である。米沢で作られた特産品などは、ここから船に積まれて、川を下り、新潟へと運ばれた。そこで北前船《きたまえぶね》に載せられ、大坂へ

と向かう。

下長井に治憲は、桑の木を植えさせたり、小千谷縮の製造分場を作ったりと重視していた。

また、開発を進めている柏原にも近い。米沢からさほど遠いわけではないが、治憲は、莅戸九郎兵衛らと密談をかわす目的もあって、陣屋で一泊した。

「竹俣当綱の振る舞い、芳しくはございませぬ」

夜半、密かに治憲の寝所を訪れた莅戸九郎兵衛が首を振った。

「噂はまことであったか」

聞いた治憲が嘆息した。

奉行として、米沢を預かっている竹俣当綱に専横の振る舞いあり、という密告が江戸にいる治憲のもとへいくつももたらされていた。

竹俣当綱は、参勤交代で一年ごとに江戸へ出ていかなければならない治憲に代わって、国元の倹約殖産を進めている。

治憲同様細井平洲に学び、その理念を十分理解している。まさに治憲にとって同志であった。いや、半身といってもよかった。

「森の末路を見ているゆえに、大丈夫だと思ったのだが」

小身から成りあがり、米沢藩を思うがままにしていた森利真を刺殺したのが竹俣当綱であった。治憲は信頼する家臣の堕落に肩を落とした。

下長井で寵臣《ちょうしん》の裏切りを報された治憲を、翌月、さらなる悲劇が襲った。

十月二十九日、数日前より風寒を患い、発熱していた次子寛之助の容態が急変、豊の方必死の看病も虚しく、死去した。

「…………」

治憲も強い衝撃を受けた。

「これほど哀しいものであるか。子に先立たれるというのは」

親としてもっとも辛い経験に、治憲は呆然《ぼうぜん》とするしかなかった。

寛之助の二七日《ふたなのか》の日、幕府より後桃園《ごももぞの》天皇の崩御《ほうぎょ》を報せる廻文が届けられた。

不幸の重なりで、米沢では正月の祝いごとも控えるなど、寂しい年の明けとなった。

「これを機とすべきだ」

吾が子の死の悲しみを治憲は、政《まつりごと》に没頭することで薄れさせた。喪中を口実にして治憲は、新春年頭の儀式を五カ年の間倹約のため、省略すると宣した。毎年、新年の賀を述べに登城した家臣たちへ出されていた祝いの御膳《ごぜん》もなくされた。

正月も過ぎ、少し雪も溶けかけた二月十三日、またも江戸から急使が来た。

「なにっ」

使者の口上に、治憲が思わず声をあげた。

細井平洲大病との報せであった。私塾を構え多くの弟子を持つ平洲を、いつまでも米沢にくくりつけているわけにはいかなかった。平洲は治憲の国入りを前に、江戸へ戻っていた。その平洲が倒れた。

享保《きょうほう》十三年（一七二八）生まれの細井平洲は、この安永九年で五十三歳になる。

「お見舞いに参上したいが……」

平洲は、学問の師であるだけでなく、養子の身で藩政改革をおこなっている治憲にとって心の支えでもあった。しかし、藩主という立場は、自儘《じまま》を一切許されない。参勤交代の四月が来るまで、治憲は米沢を離れることはできなかった。

「先生の病状を詳《つまび》らかに報せよ。医師の手配はもとより、要り用をいたせ」

治憲は儒者片山《かたやま》紀兵衛《きひょうえ》を、己の代理として見舞いに向かわせた。

気がかりはあっても、藩主の任をおろそかにすることはできなかった。息子を失った傷心、師の大病を案ずる想いを封じて、治憲は藩主としての務めを果たした。

参勤で米沢を後にするまで、あと一月をきった三月十一日、奉行竹俣当綱が、目通りを願ってきた。

治憲と竹俣当綱は、同志であった。ともに米沢藩を立て直すという想いで、十三年のあいだ、苦労してきた。細井平洲の教えを学び、実践していくうえで、かけがえのない相手である。何度も夜遅くまで、改革について語り合った。

その竹俣当綱が、治憲の信頼を己の力と思いこみ、恣意《しい》を振るいだした。治憲は、下長井で竹俣当綱の変貌《へんぼう》を聞いて以来、距離をおいていた。何食わぬ顔で、従来どおり使い続けられるほど、治憲は老成していなかった。

「どうした」

竹俣当綱を前に治憲の口調は固かった。

「畏れ入りまするが、お役を退かせていただきたく」

辞めたいと竹俣当綱が言い出した。

「急にどうした」

驚いた治憲が問うた。

「非才の身に、奉行の任は重すぎまする」

今さらの言いわけであった。竹俣当綱が奉行に就任して、十五年になる。治憲が藩主となってからでも十三年、国元を預かってきた。それを今になって任に非ずというは、治憲に人を見る目がないと言い放つのと同じであった。

「余はまもなく参勤で江戸へ行く。藩主不在の間、国元を守る奉行がいなくては、藩政が滞る。ようやく、倹約も実を結びかけた。今、そなたに辞められては困る。旅立ちの用意もあるゆえ、ゆっくりと話をするときがとれぬ。来年、帰国してからもう一度話そう。それまで辛抱してくれるように」

治憲は、手にしていた脇差を竹俣当綱へと渡した。

「国元のことを頼む」

「承知いたしました」

藩主の懇切な対応に、竹俣当綱が納得した。

かつて須田伊豆が江戸家老を辞したいと言ったときと同じであった。治憲は竹俣当綱との仲が終わったことに気づいた。

三

参勤交代で江戸へ出てきた治憲は、国元への不安に押しつぶされそうであった。

「どうかなされたのか」

見舞いに来た治憲の異変に、細井平洲はすぐ気づいた。

「さしたることではございませぬ」

治憲は首を振った。

竹俣当綱は、平洲にとっては治憲と同じ弟子である。学問に貴賤《きせん》はないと常々弟子たちをその出にかかわらず、愛して止《や》まない細井平洲なのだ。その弟子の間で、もめ事があると知っては悲しむことはまちがいなかった。治憲は隠した。

「ならばよろしいが……」

それ以上平洲も訊かなかった。

「ただ、何度も申しあげるように、勇をもって進められよ。公の道は険しく、遠い。歩みを止められれば、次の一歩を踏み出すのが辛くなりまするぞ」

「……はい」

厳しい言葉ではあったが、治憲は首肯するしかなかった。

「辛くとも進まざるをえぬか。そうであったな。須田と芋川を殺したときに、覚悟は決めたはずだった。迷うとは情けなし」

竹俣当綱の排除を治憲は決めた。

藩政改革は、士分、庶民にかかわらず、倹約を強制している。食べるもの、着るものまで口出ししているのだ。我慢も皆が同じだと思えばこそ、耐えられる。誰か一人でもうまいものを食べているとなれば、改革は根底から崩れ去る。まして、それが藩政を担う者であるなど論外であった。

「権は借りものだと知っておろうに」

奉行という肩書きは、治憲が与えたもので、竹俣当綱が生まれもって手にしていたものではない。治憲は、大きくため息をついた。

最大の協力者を切り捨てると決めた治憲は、一層奮励した。いや、政《まつりごと》に忙殺されねば耐えられなかった。

改革の根本は国元だとして、おろそかにしていた江戸での動きも変えた。

治憲は、三谷三九郎以外の御用商人とも会うようにした。

「先だっての屋敷焼失のおりは、世話になった。礼を言う」

明和九年の火事で桜田、麻布の両屋敷を焼かれた上杉家は、その再建費用のほとんどを借財でまかなっていた。治憲は、その金主の一人小川平八郎《おがわへいはちろう》と面会していた。

「いえ。このたびは、お借りいただいておりました金子をお返しいただき、ありがとう存じまする」

ていねいに小川平八郎が、頭を下げた。

倹約の効果が現れてきた上杉家は、古い借財からの返済をおこない始めていた。

「まだ最初の借財だけで、残りはまだ待ってもらわねばならぬ。すまぬな」

いつまでも大名として君臨していられない。治憲は三谷三九郎から商いについて話を聞くことで、金が商人の武器であると理解していた。

「つきましてはお話がございまする」

小川平八郎が治憲を見上げた。

「なんじゃ。申してみよ」

治憲は促した。残金を返せと言ったところで、できないことは小川平八郎にもわかっている。なにを要求されるかと治憲は緊張した。

「残りにつきましては、お返しいただかなくともけっこうでございまする」

「なんと」

治憲は驚愕《きょうがく》した。

「公のなされようで、上杉さまは、変わられました。これならば、先も見こめまする。今後とものお付きあいいただく引き出ものとしてお納めを願いまする」

上杉の将来を、商人が認めた。

「先を買ってくれると言うか」

治憲は感激した。やってきたことが正しいと証明されたのだ。

小川平八郎が棒引きにしてくれた金額は一万八百両に及んだ。これで小川屋への借財はなくなった。

「長年御用金承りしこと、また屋敷再建の費用を供出したる段、まことに殊勝である。小川平八郎を士籍に編入し、百石高とする」

治憲は小川平八郎を士分として取り立て、上杉家では高禄に入る百石を与えた。

小川平八郎に触発されたのか、かなりの数の商人が便宜をはかってくれた。

さすがに小川平八郎のように、全額借財棒引きはなかったが、利子の免除や利下げなど、かなり藩政を楽にできた。

もちろん、目に見えて藩庫に余裕ができたわけではない。しかし、先が少しだけ見えた。

そこへさらなる慶びごとが重なった。

病から回復した細井平洲が、御三家《ごさんけ》尾張徳川家の儒者として正式に抱えられることとなった。

「おめでとうございまする」

治憲は、備前の銘刀を一振り祝いとして贈った。

「かたじけない」

太刀を受け取った平洲が礼を述べた。

天下に名の知れた儒者とはいえ、平洲はどこにも仕えていなかった。声は何度もかかっていたが、尾張の出である平洲は、徳川家からの誘いを待ち続けてきた。だが、大名の頂点ともいうべき御三家筆頭の尾張家は、領民とはいえ百姓出身の平洲をなかなか受け入れなかった。

その望みがかなったのだ。平洲は喜びを露わにしていた。

「申しわけないが、尾張藩士となったゆえ、今後米沢へ行かせてもらうのが難しくなる」

「残念でございますが」

尾張徳川と上杉家は近い親戚であるが、それでも藩士を何カ月も他藩の領土へ送ることはできなかった。

「江戸でのご講義はいただけましょうか」

「それは大事ござらぬ。私塾はそのままでよいと藩よりお許しをいただきましたゆえ」

治憲の懸念を平洲が否定した。

「今後ともご指導のほどを」

ほっと治憲は安堵《あんど》の息を吐いた。

安永九年（一七八〇）も押し迫った十二月二十八日、焼失していた桜田上屋敷最後の再建になる表御門が完成した。

焼け落ちてから、じつに八年もの日数と数万両をこえる大金がかかっていた。

「ようやくなったな」

「はい」

江戸家老の広居図書も感無量の表情で、門を見上げていた。

「長年、ご苦労であった」

治憲は、広居図書を始めとする普請掛かりの者たちを集め、形ばかりとはいえ褒賞を与えた。

藩邸は成った。

しかし、その費用は藩政を大きく圧迫した。治憲は、さらに年末年始の行事を節倹中として大きく省略した。といったところで、藩主就任以来、まともに祝っていない。それをより簡素なものとしたところで、節約できる金額などしれている。

「節約をなすもなさぬも心がけ次第である」

さらなる倹約を家中に求めるためには、やはり己を律しなければならないと、治憲は決意を新たにした。

明けて安永十年正月十八日、治憲は心中忸怩《じくじ》たるものを覚えながら、竹俣当綱を排除するべく動いた。

家中に味方のいなかった養子藩主の支えとなり、藩政改革の実行者として頼りにしてきた竹俣当綱と袂《たもと》を分かつのは、吾が身を切るにひとしい痛みを治憲に与えたが、先代重定の寵臣森利真の二の舞を演じるわけにはいかなかった。

まず、治憲は竹俣当綱の力を削ぐことにした。長く竹俣当綱と組んで国元を差配していた侍頭千坂与市清高《ちさかよいちきよたか》を江戸家老へと転じた。

千坂は上杉でも重き家柄で、家中への影響力もある。その千坂を治憲は江戸へと呼ぶことで、竹俣当綱から引き離した。

続いて治憲は七家騒動で逼塞《ひっそく》させられていた色部典膳至長《いろべてんぜんむねなが》を千坂与市の代わりに侍頭へと補した。

出世させた両家に対し、治憲は倹約の最中ながら、取りあげていた禄を返した。

上杉を代表する名門でありながら、治憲と敵対し冷遇されていた千坂、色部両家を治憲はこうして自陣へと取りこんだ。

「千坂が江戸になれたら、そなたには国元へ奉行として行ってもらう」

治憲は、広居図書へ内意を告げた。

「それは……」

広居図書が治憲の顔を見上げた。

「竹俣当綱の代わりをいたせ」

「……承知いたしましてございまする」

一瞬の間を置いたが、広居図書が承諾した。治憲の命の裏にあるものを読めないようでは、江戸家老など務まるはずもない。広居図書は、竹俣当綱の失脚を知った。

「一年で千坂を使えるようにいたせ」

「はっ」

年限をきった治憲に、広居図書が首肯した。


この年、光格《こうかく》天皇のご即位に伴い、改元があった。安永九年は四月の一日で終わり、二日から天明《てんめい》元年となった。

上杉家も光格天皇のご即位の祝いを京へ派遣していた。太刀一振り、馬代として白銀二十枚を献上した。もちろん、京へ使者をだしておいて、天皇家だけですむはずもなかった。仙洞御所《せんとうごしょ》、女院御所《にょいんごしょ》、五摂家《ごせっけ》やつきあいのある公家《くげ》衆といった朝廷側、さらに京都所司代《しょしだい》、東西両奉行所などの幕府側にも進物は要る。京へ派遣した使者の旅費なども合わせると、馬鹿にできない出費であった。

　また、大雨の影響で米沢城本丸石垣が崩れ、その修復工事をしなければならず、藩政は楽にならなかった。

「後は頼む」

　治憲は敵地へ向かう覚悟で米沢へ発った。

　藩主国入りを出迎える人々の最奥で竹俣当綱が待っていた。

「ご無事のお戻り、心より御祝い申しあげますする」

「うむ。留守の間、ご苦労であった」

　君臣は形だけのやりとりをかわした。

「なにかあるか」

　本丸大広間へと入った治憲が問うた。

「桑の葉、漆の性質がかなりよくなったとのこと。漆にかんしましては、会津へ人をやり、具合を見ていただくよう手配いたしましてございまする」

「そうか。それは重畳《ちょうじょう》である」

　桑や漆を植えてすでに六年が経っていた。数年前から採取は始まっていたが、まだ商品として売りこめる状況ではなかった。それが形になった。治憲は愁眉《しゅうび》を開いた。

「縮はどうじゃ」

「なかには上達した者もおるようではございまするが、全体としてはまだまだ不十分かと」

竹俣当綱が首を振った。

「残念ではあるが、後々米沢の名産としたい。焦ることなく、精進するようにと伝えよ」

「わかりましてございまする。では、お疲れでございましょう。わたくしはこれにて」

用件を終えるなり、竹俣当綱が去った。

「………………」

無言で治憲は見送った。

かつては国入りのたびに、二人で遅くまで語り合った。

どうすれば藩政をよくできるか、どうやって倹約の精神を領民たちへ浸透させるか。

だが、それもうなくなっていた。

「どこで狂ったのであろうか」

一人になった治憲が嘆息した。

「人は変わる」

借りもののようであった若き藩主治憲は、もういない。ここにいるのは、代々上杉に仕えた名門を潰し、腹を切らせることをためらわない非情な主君であった。

「もっとも変わったのは余かも知れぬ」

治憲は呟《つぶや》いた。


養子の藩主、国元を任された宿老、二つの勢力の争いが静かに米沢で始まった。

先手を取ったのは竹俣当綱である。竹俣当綱は、奉行となって国元を任されて以来、少しずつ一族や近しい者を引きあげ、藩政の重要な部分を占有し始めていた。

同じ細井平洲の門下ということで、竹俣当綱を信用しきっていた治憲は、後手に回っていた。しかし、ここで治憲は負けを認めるわけにはいかなかった。己の目指した改革のため阻害となった者たちを力ずくで排してきたのだ。

なにより治憲を信じ、辛抱してくれている藩士、領民たちの想いを裏切ることはできなかった。

とはいえ、七家騒動とは事情が違った。あまりいい言いかたではないが、飼い犬に手を噛まれたようなものである。寵臣に裏切られたと声高に話すことは、為政者としての恥であり、その素質に難ありと取られかねなかった。

治憲は藩内での影響力を増やすため、三十人近い藩士へ加増をおこなった。それも治憲に代わって藩主となれる、隠居重定、養子保之助、実子直丸に仕えている者たちを選んだ。

もととなる費用は、この四月長年命じられていた増上寺火防役が免じられたことで浮く金を回した。

「ご無理はいけませぬ。お顔がきつうございまする」

奥へ入った治憲を迎えた豊の方が心配そうな表情を浮かべた。

「無理か……したくはないが、余の行く道には無理だけしかない」

大きく治憲は嘆息した。

竹俣当綱の影響が少ない江戸と違い、国元では、誰が味方で敵なのかさえ、よくわからないのだ。治憲は気の抜けない毎日に、疲れていた。

豊の方が、治憲の手を握った。

「無茶はなさってよろしいのでございまする」

「ほう。無理はいかぬが、無茶はよいと言うか」

治憲は驚いた。

「はい。無理は身体と心に負担をかけまするが、無茶は周りに迷惑がかかるだけでございまする」

「周りに迷惑が及んでは困ろう」

豊の方の言葉に治憲は苦笑した。

「主君とはそうしたものでございましょう」

微笑《ほほえ》みながら豊の方が述べた。

「ふむ」

治憲が先を促した。

「政は誰のためにございますか」

「民のためである」

問われて治憲は即答した。

「すべての民のためにはなりませぬ」

「……たしかにの」

続けた豊の方に治憲は同意した。

「大倹約令でもそうでございましょう。商人たちにとって、迷惑以外のなにものでもございますまい」

豊の方の言うとおりであった。

「まったく、そなたという女はおそろしいの。いや、女すべてがそうなのか」

「女はすべて愛しいお方のためにあるのでございますよ」

嘆息する治憲へ豊の方が微笑んだ。次男寛之助を失った当初、豊の方はかなり落ちこんでいた。食も細くなり、かなりやつれていた。それでも豊の方は治憲を大事に思ってくれていた。

「迷惑をかけることを怖がるなと」

「はい」

豊の方がうなずいた。

「思うがままに無茶をなされませ」

「その責を負わねばならぬがな。藩士、領民の命を預かるのだ。当然だが」

支えてくれる女がいる。治憲は肚《はら》をくくった。

四

藩士への増禄、褒賞などは藩主の特権である。一応、奉行、江戸家老にも藩主不在のおりには加増などをおこなう権はあるが、前もってあるいは事後承諾が要ることを思えば、かなり窮屈である。治憲が国元へ帰ってきている間、竹俣当綱には自派の藩士へ褒賞を出せなかった。

当然といえば当然であった。

上杉家の石高十五万石は、上杉家の当主のものであり、そこから家臣たちへ分け与えている。

当主の思うがままとばかりに、治憲は天明二年の正月にも十人近い藩士を加増し、ほぼ同数を昇進させた。

「殿、倹約せねばなりませぬときに、これほどの大盤振るまいはいかがかと」

竹俣当綱が苦言を呈してきた。

「このようなときだからこそ、信賞必罰が重要なのだ。手柄を立てれば報われる。そう思えば、役目にも力が入ろう」

治憲は言い返した。

「たしかに信賞必罰は政の要。ではございまするが、褒賞の禄、金はどこから出すと仰せられまするか。当家に余っておる金も米もございませぬ」

「小川平八郎らが引いてくれた借財と利をあてればいい」

文句を重ねる竹俣当綱へ、治憲は応じた。

「あの金は、国元で小千谷縮以外の特産品を作り出すために遣う予定で……」

「予定には入っているはずはない。あれは昨年、不意に生まれた余裕じゃ。どこに遣うかはまだ決めておらぬ」

治憲が竹俣当綱の言葉に声を被《かぶ》せて押さえこんだ。

「……………」

竹俣当綱が黙った。

「下がっていい」

もう二人の溝を埋める気はないと治憲は手を振った。

竹俣当綱も治憲の変化に気づいていた。もともと森利真を刺殺するほど、一途なのだ。ただ治憲の信頼と国元での改革の執行者という権力が、いつのまにか竹俣当綱を浮《うわ》つかせてしまった。

また、竹俣当綱の周囲も図に乗った。かつて先代藩主重定にさからったことで、減禄閉門を喰らった竹俣当綱である。その一門も連座で冷や飯を喰わされた。それが逆転した。森利真は死に、重定は隠居した。代わって治憲が藩主となり、竹俣当綱を重用してくれた。

虐げられていたときのぶんまで、一族や周囲の者は栄達を竹俣当綱に望んだ。

当初、竹俣当綱はそれを拒んだ。倹約に逆行するようなまねができようはずもないと首を振った。しかし、竹俣当綱にも弱みがあった。干されていたために、子飼いの配下を持たなかったのだ。奉行として国元を差配するにも、己一人でできるものではなかった。もちろん、下役たちがいて、実務は担当してくれるとはいえ、命じたことだけしかしない。政を預けられた者にはその意を汲《く》み、仕事がしやすいように根回ししてくれる者、疲れたときに支えてくれる気心の知れた者が必須である。

やむを得ず、竹俣当綱は一族や友人を頼った。それがまちがいの始まりであった。

もとは上杉家藩主から竹俣当綱へ貸し与えられた権、その一部を預けられただけだった者たちが、増長した。己が偉くなったと勘違いした。

さらにたちの悪いことに、竹俣当綱によって引きあげられたことは忘れていない。己の権のもとに嫌われては、捨てられる。引きあげてもらった者たちは、竹俣当綱を褒め讃え、その事績を誇張した。

始めは阿諛追従《あゆついしょう》を叱っていた竹俣当綱も、毎日のように続けば、やがて染まる。

こうして竹俣当綱は堕落した。

一度崩れてしまえばもろい。とくに寵臣というのは、主君の信頼をなくせば、あっという間に失墜する。うまくいってお役ご免、下手すれば森利真、須田伊豆や芋川縫殿の二の舞となりかねない。

竹俣当綱は治憲に対抗するための手立てに出た。

「お目通りがかないましたこと、恐悦至極に存じまする」

二の丸新御殿の重定のもとを竹俣当綱は訪れた。

「珍しいの」

不意の訪問に重定が怪訝《けげん》な顔をした。

二人は仇敵《きゅうてき》であった。重定は竹俣当綱を寵臣のために罪に落とし、竹俣当綱は藩政のために重定の寵臣森利真を殺した。仇敵だったのだ。どう考えても、茶飲み話をしにきたとは思えなかった。

「大殿さまは、今の藩をどうお考えになられまするか」

「よくやっている」

問われて重定が即座に答えた。

「昨今、殿の恣意《しい》が藩を左右しているとは思われませぬか」

竹俣当綱が窺《うかが》うような目で重定を見た。

「……加増のことか」

「藩に余裕のないときに、これほど禄を撒《ま》かれては、息をつきかけた財政がもちませぬ」

「なにが言いたい」

重定が低い声を出した。

「保之助さまに……」

最後まで竹俣当綱は言わなかった。

「なにをいうか。保之助はまだ子供ぞ」

「そこのところは、我ら執政がお支え申しあげ、大殿さまが御後見をなされれば政に支障はないかと」

竹俣当綱が重定へ藩政復帰を唆《そそのか》した。

「考えておこう」

即答を重定が避けた。

その夜、奥へ呼びだしの使者が来た。

すでに豊の方と同衾《どうきん》していた治憲だったが、重定の招きである。

身支度を調えて、西の丸新御殿へ治憲が足を踏み入れたとき、すでに時刻は子《ね》の刻（深夜零時ごろ）近かった。

「お呼びでございまするか」

「お休みのところを申しわけない」

最初に藩主への気遣いとして、重定が詫びた。

「時刻も遅い。早速だが……」

重定が竹俣当綱の誘いを語った。

「そのようなことを……」

治憲は嘆息した。

「申しわけございませぬ」

すでに隠居した重定へ藩政のもめ事を持ちこんだことを治憲は詫びた。

「どうするつもりでおられる」

「当綱を辞めさせまする」

「それはわかっておりまするぞ。治憲どのの昨今を見ていれば」

重定が気づいていた。

「ですが、それだけではいけませぬな。第二、第三の当綱を産み出すだけ」

「では、どのようにいたせば」

「直丸どのを保之助の養子になされ」

「なにを仰せになりまするか」

治憲は驚愕した。いずれ藩政に無理を強いた責を取って、身を退くつもりの治憲は、上杉の家督から離れるため、実子ではなく重定の息子を世子《せいし》としたのだ。

「治憲どのの心はわかっておりまするぞ。しかし、それがいかぬのでござる。治憲どのの跡を継ぐ者がいないために、臣が侮る。行跡を継ぐ者がいれば、影響は残る。さすれば臣たちは愚かなまねをいたしませぬ」

重定の言葉にも一理あった。子が藩主とならないとなれば、一代かぎりと家臣たちが治憲を軽く見るのも当然であった。

「倹約は代を重ねて初めてなすもの。一代で終わるなど責を果たさぬも同然」

藩のためだと重定が、決断を促した。

寵臣との虚《むな》しい争いをしている治憲のもとへ、江戸から急使が駆けつけてきた。

「君夫人、去る九日に急逝」

急使がもたらしたのは悲報であった。

「奥がか」

治憲は絶句した。

正室幸姫は、生まれついて身体が弱く、成長も不十分であった。治憲を婿として迎えたが、ようやく三尺（約九十センチメートル）をこえるかという体軀《たいく》では、男女の営みもおこなえず、ずっと形だけの夫婦であった。それでも治憲は、頑是《がんぜ》ない幸姫を気遣い、奥に行っては、カルタ遊びやままごとにつきあってきた。

「穏やかな最期であったか」

使者に治憲が問うた。

「お休みになられたかのようであったと」

平伏したままで使者が答えた。

「そうか。下がってよい。ご苦労であった」

休めと治憲は使者をねぎらった。

治憲は悲しんでいた。妻というより歳の離れた妹のような幸姫の死を治憲は心から残念だと思っていた。まだ幸姫は三十歳になったばかりで、女として男を受け入れ、慈しみ、子供を産み、育てていくという幸せを何一つ知らずに逝った。治憲は幸姫が哀れでしかたなかった。

だが、その一方で大きな柵《しがらみ》から解放されたという気もしていた。

治憲は幸姫がいる限り、その娘婿で藩主の座を一時借りているだけであった。その幸姫がこの世を去った。治憲を上杉藩主としていた大義名分は消えた。なれど治憲は藩主のままでいられる。それは、治憲の積み重ねの歴史であった。

治憲はようやく己が本物の藩主となったと思い、一種の晴れがましさを感じていた。幸姫の死を悼む気持ち、そして真の藩主となった喜び。相反する感情に治憲は戸惑っていた。

治憲の葛藤《かっとう》を措《お》いて、上杉正統の姫であった幸姫の死は、藩中を喪に服させた。鳴りもの音曲《おんぎょく》十五日停止、魚鳥生臭《ぎょちょうなまぐさ》もの三日禁食と城下も哀しみに沈んだ。

天明二年（一七八二）三月、参勤で江戸へ向かう直前、治憲は江戸家老広居図書を奉行に任じた。

「今後は二人で力を合わせ、国元のことをしっかりと頼む」

言い残して治憲は米沢を発った。

「………」

見送りに立った竹俣当綱は、道中無事でとの気遣いも口にしなかった。

「さらばぞ」

一人駕籠のなかで治憲は寵臣への別れを告げた。一筋の涙が治憲の頬を伝った。

江戸に着いた治憲は、養子の届け出を幕府に出した。

「養子の養子をともに願うはよろしからず」

まず保之助の養子が認められてから、しかるべきときをおいて直丸の養子を申し出るようにと老中から助言があり、治憲はしたがうことにした。

九月、保之助が元服、喜平次《きへいじ》治広《はるひろ》と改名、同時に中務大輔《なかつかさたいふ》に任じられた。十月、治広の世子として直丸が認められ、顕孝《あきたか》と改名した。同じ月、治広と御三家尾張徳川家の純姫《すみひめ》との婚約がなった。

沈んでいた上杉家に、慶事が続いた。

「金がかかることよ」

しかし、どれ一つとしてただでなるものはなかった。治広の中務大輔への就任には、幕閣だけでなく、間にたった高家《こうけ》、官位を任じる朝廷へも礼をしなければならなかった。だけではない。治広と純姫の婚約も、顕孝を養子にするのも、認めてもらうための根回しに金が要った。

だが、これで治憲側の態勢は整った。

治広の養子に顕孝が入ったことで、重定と治憲が一枚岩になり、竹俣当綱が打った起死回生の一手は功をなすことなく潰《つい》えた。

「竹俣当綱、不謹慎につき、隠居押しこめを命ず」

天明二年十月二十九日、十分な準備を終えた治憲が命じた。

寵臣を断罪した治憲だったが、七家騒動のときのように絶家はさせず、嫡男に家を継がせ、謹慎で留めた。

同志であり、一時はともに手を取って藩政改革に挑んだのだ。せめてもの温情であった。

「謹んでお受けいたしまする」

覚悟していた竹俣当綱は、見苦しいまねをせず、静かに咎めを受けた。

寵臣を切り捨てた治憲は、一人になった。国元に新たな奉行としておいた広居図書は、忠実ではあるが、改革のなんたるかを完全に理解しているとは言い難い。

最大の協力者を失った治憲は、いっそうの無理をしなければならなくなった。

安らぎを与えてくれる場所もなく、幸姫を失ってから奥へ足をむけなくなった治憲は、藩政に没頭した。

天明二年は激動の内に終わった。

明けた天明三年（一七八三）、治憲は実子顕孝のために、土佐二十四万石の藩主山《やま》内豊雍《うちとよちか》の娘采姫《さいひめ》を迎えることとした。御三家尾張藩から妻を娶《めと》る治広への遠慮から、治憲はわざと外様大名から実子の正室を選んだのであった。これも後々、治憲が代を譲るときのもめ事を避けるためであった。

改革のおかげで藩政に少し余裕が出てきたことで、治憲を名君と讃える声があちこちからあがっている。いかに治広の養子となったとはいえ、顕孝は治憲の実子なのだ。生きていての継承ならば、問題は起こさせないが、治憲に不意のことがあったとき、藩内で顕孝を担ぎ出そうとする者が出かねなかった。そのとき正室の格差がものを言う。尾張藩の後押しがあれば、騒動は未然に防げると治憲は考えた。

上杉にお家騒動をしている余裕などない。治憲は、改革と同時に継承の問題にも取り組まなければならなかった。

「殿はまだ三十三歳になられたばかり、少し気が早いのではございませぬか」

小姓頭の莅戸九郎兵衛が無理を諫《いさ》めた。

「後で悔いるわけにはいかぬ」

竹俣当綱のことは、七家騒動以上に治憲の精神に負担をかけていた。

治憲は、顕孝のことをすませると、米沢へと発っていった。

「このままでは殿が潰れる」

莅戸九郎兵衛は懸念した。

「なんとしてでも、妙を探し出さねば」

正室がなくなったことで、妙の捜索は陰から表に出せた。

といったところで、江戸には何十万人も住んでいる。男に比べて少ない女とはいえ、それでも星の数ほどいる。そのなかから一人の女を探し出すのは、難題であった。

「新しい側室を殿にお勧めしては」

小姓の一人が提案した。幸姫が死んだ今、治憲は誰に遠慮することもなくなっている。

「倹約をお命じになった殿ぞ」

無駄だと莅戸九郎兵衛が首を振った。

「なんとしても、来年殿が江戸へ戻られるまでには、よいお報せができるようにせねばならぬ」

莅戸九郎兵衛が小姓たちに発破をかけた。

藩主の参勤交代は江戸からずっと駕籠である。歩くよりははるかに楽だが、一日揺られているのもかなり辛い。

米沢へ着いた治憲は、旅の疲れから熱を出した。

過労から来る体力低下だった治憲は、豊の方の看病で回復した。

「もうお褥《しとね》に侍るわけには」

すでに豊の方は、側室としての役目を返上していたが、治憲を支えるために米沢城の奥へ残ってくれていた。

いや引き留めたのだ。

「寛之助の菩提を弔って余生を暮らしたい」

「頼む、側にいてくれ」

早世した吾が子の冥福《めいふく》を祈りたいと望んだ豊の方の願いを治憲は拒んだ。

豊の方を手放す。身体も心もかわすことのなかった幸姫を失ったとき以上の喪失感に、治憲は耐えられないとわかっていたからである。

政へ復帰した治憲は、領内をくまなく回り、殖産興業を奨励した。寵臣を処断までした治憲の決意は、藩士、百姓、町民にまで行き渡り、改革も軌道に乗った。

しかし、そんな治憲を嘲笑《あざわら》うかのように、この年、米沢を冷害が襲った。

秋を迎えても田は色づきもせず、頭を垂れるどころか、腰から折れてしまっていた。

「そこまでひどいか」

被害を聞いた治憲は絶句した。

「損耗《そんもう》十一万石をこえまする」

報告する広居図書も呆然としていた。

「十一万石だと……」

米沢藩の表高は十五万石である。もっとも新田の開発などで、実際は三十万石ほどあったのが、今年は、十八万石ほどにしかならなかった。

「備蓄蔵、義倉《ぎそう》だけではない。籾蔵《もみぐら》も開放してよい。餓死者を出すな」

万一のための用意を治憲は躊躇《ちゅうちょ》なく使えと命じた。

「来年の田植えに影響が」

「そのための倹約であり、備蓄なのだ」

反対する声もあったが、治憲は押さえこんだ。

それでも米は足らなかった。

治憲は幕府へ願い出て、越後、酒田の米を買う許しを得た。

「これではいかぬ。なんとしても妙を探さねば」

江戸に残った莅戸九郎兵衛が、焦った。この凶作は、治憲に大きな負担となる。莅戸九郎兵衛は、十一月辞意を表した。無役となることで、動きやすい身の上となろうとしたのだ。

「妙のことはよい。それよりも江戸を頼む」

「何卒、お聞き届けいただきたく」

治憲の慰留を莅戸九郎兵衛は拒んだ。莅戸九郎兵衛は治憲のことを想い、治憲は藩のことを考える。このすれ違いは、米沢と江戸の距離を象徴していた。

江戸を任せられる近臣の離脱の直後、今度は災害が治憲を襲った。

先代重定のために、数万両を投じて建てた西の丸御殿が失火で全焼した。

「なんということだ」

治憲が茫然自失となった。

まさに治世最大の危機であった。

凶作を知ったと同時に手を打ったことで、なんとか天明三年の冬は乗り切れた。しかし、その無茶が天明四年の春に祟《たた》った。

「金がありませぬ」

参勤交代をする金が足りなくなった。

「借り上げを」

「ここで借りてしまえば、この冬も凶作であったときに困る。漆や桑、縮などがなんとか形になってくれておるのだ。しばらく我慢すれば、なんとかなる」

御用商人からの借財を勧める者へ、治憲は首を振った。

「余が病気になればいい」

治憲は脚気《かっけ》の症状が重く、旅に耐えられないとして、幕府へ参勤遅延の願いを出した。

大名としての禁じ手だったが、背に腹は代えられなかった。

もちろん、嘘と幕府も知っていたが、飢饉《ききん》の事情もわかっている。許可はすんなり出た。

第五章　退身

一

参勤交代の費用は、すぐになんとかなった。窮乏を知った小川平八郎、三谷三九郎らが立て替えの用意をしてくれた。

「雪解けが未《いま》だ」

しかし、江戸へ向かうことはできなかった。まだ、街道が雪で閉ざされ、峠をこえることができなかった。本来雪解け水を使っておこなわれる田植えもまだであった。

「林泉寺へ五穀豊穣《ごこくほうじょう》祈願を」

夏、治憲の予感は当たった。百姓たちの顔色がなくなった。

「これほど冷たい雨は、経験がございませぬ」

六月になっても霖雨《りんう》は止まず、状況は悪化の一途をたどった。

「御堂、春日、白子の各社へ、天候回復の祈願を命ぜよ」

天に人は勝てない。神頼みするしかなかった。

治憲は領内の神社、仏閣に人をやり、祈禱《きとう》を依頼した。

「吾《われ》も断食をおこなう」

精進潔斎《しょうじんけっさい》して治憲は、御堂へ籠《こ》もった。二日間、水も食料も摂らず、ひたすら祈った。そのお陰か、降り続いていた雨があがり、日が差した。

「殿のお祈りが聞き届けられた」

皆、藩をあげて喜んだが、治憲は浮かなかった。

「祈るだけで手立てがない。今回は通じたが、次も効果があるとはかぎらぬ。やはり備蓄を増やさねばならぬ」

治憲は、備蓄蔵、義倉《ぎそう》の拡充の重要さをひしひしと感じた。

「今後二十年の間、毎年米五千俵、麦二千五百俵を蓄えよ」

治憲はさらなる倹約を命じた。

だが、治憲の決意に、領内から反発が出た。

治憲が藩主となって十七年、米沢は国を挙げて倹約してきた。慶弔にかかわらず、贅沢《ぜいたく》を戒め、食も辛抱を重ねてきた。藩が潰《つぶ》れる。藩士にとってはもちろん、領民にとっても恐怖であった。

上杉がなくなったあと、どのような藩主が来るかわからないのだ。仁政を布《し》くならよいが、苛政《かせい》をおこなわれてはたまらない。

また、関ヶ原以降二百年近く藩主だったのだ。愛着もある。尊敬の念も深い。

なにより自ら率先して倹約する治憲の姿に感銘を受けたというのが大きかった。

豊作を祝い、農の辛《つら》さを忘れる祭りも我慢してきた。今の若者のなかには、祭りを知らない者もいる。耐えた結果が備蓄となり、飢饉《ききん》の被害もほとんどでなかった。

死なずにすんだ。ほっとしているところに、水をかけるような締め付けである。

これ以上の備蓄は、限界をこえる。治憲への尊敬、米沢への愛着でも耐えきれないところまで来ていた。

それに焼亡した重定の新御殿再建がとどめを刺した。

親孝行は儒教からいって是である。養子である治憲は、隠居重定に遠慮があり、その望みを断りにくいとはいえ、この時期に御殿を新築するのはまずかった。

民に苦労を強いた金で、隠居に贅沢をさせるとは何事だと庶民は治憲へ反発した。

といったところで、備蓄米を放出してもらっている。

一揆《いっき》は起こせなかった。倹約して我慢した結果が、しっかり自分たちの命となって返ってきた。今までの藩主がしなかったことを治憲はしてくれた。一揆は、その恩を仇《あだ》で返すことになる。

しかし、庶民のなかに不満が拡がったのはたしかであった。

「これ以上倹約とはどうしろと」

「我らに店を潰して死ねと言われるか」

とくにものの売り買いで食べている領内の商人たちからの不平が強くなっていた。

表だっては平穏に見えながら、その奥では治憲の政《まつりごと》への不満が拡がりはじめていた。

いつもならば、領内をこまめに回り、民の生活を肌で感じ取ることを怠らない治憲だったが、この年は不作への対応に追われ、十分な触れあいができなかった。

「一人では手が回らぬ」

治憲は寵臣《ちょうしん》を失った痛手に嘆息した。竹俣当綱がいれば藩政を任せ、己は村回りに出られる。その寵臣を治憲は切った。広居図書をあとがまの奉行に据えたとはいえ、二年ほどでは、とても国元を把握できていない。

一人で治憲はあがいていた。

さすがに参勤をしなければならないと、出立《しゅったつ》の用意をしていた九月、顔色を変えた広居図書が目通りを願ってきた。

「殿」

「なにごとじゃ」

疲れ果てていた治憲は、不機嫌さを隠そうともせずに応対した。

「ただいま江戸より留守居役が参りまして」

「留守居役だと」

思わぬ役職に治憲は驚いた。

留守居役は、江戸にあって幕府役人や諸藩の家臣と顔を合わせて、いろいろな話を仕入れてくるのが役目であった。その任の性格上、酒食を伴うことが多く、金食い虫であった。

かつて治憲は藩主となったばかりのとき、留守居役の経費を削減させた。金がなければ役人とのつきあいはどうしても浅くなる。会って話をするだけでは、なかなか本音は聞き出せない。ために、後手に回った米沢藩は幕府からお手伝い普請を命じられることとなり、数万両の負担を強いられた。

痛い経験から、治憲は留守居役の経費だけは別枠で考え、潤沢とまではいえないが、他藩に後れを取らないよう手配させてきた。

その留守居役が、米沢まで来た。治憲は嫌な予感に震えた。

米沢まで治憲へ報告に来た留守居役の顔色は蒼白《そうはく》であった。

話を聞く前に、治憲は嫌な予感が当たったと知った。

「お手伝い普請か」

治憲から口にした。

「は、はい」

震えながら留守居役がうなずいた。

「なぜ、我が藩に」

「それは……」

厳しい声で問う治憲に、留守居役が口ごもった。

「金は十分与えてあるはずだ」

留守居役の仕事は話を訊《き》くだけではなかった。いち早くお手伝い普請などの情報を手に入れ、こちらに回ってこないよう手配することこそ、責務であった。

「わかっておりまする。我らも存分に働いておりました」

「……忌憚《きたん》なく申せ」

留守居役の言葉からかすかな非難を治憲が感じ取った。

「……………」

大きく息を吸った留守居役が、肚《はら》を決めたように背筋を伸ばした。

「かつて先代さまが、家なり難く領土を奉還いたしたいと御上へお願いしたことがございました」

「……あったな」

苦い顔で治憲は認めた。

「その罰だそうでございまする。藩を投げ出すようなことを口にした。その性根を老中がたは、お憎みになられたようで」

一気に留守居役が告げた。

「待て、藩を維持できぬほど財政が悪いと幕府は知っておるはずだ。なにより上杉は余の代で一度お手伝いをした」

重定から代替わりをした直後にお手伝い普請があった。なぜふたたび罰を与えるのかと治憲は理解できなかった。

「前回のは罰とは別、上杉の順番だったもの。今回のが罰だと御上は……」

「むう」

留守居役の言葉に治憲は唸《うな》った。

治憲は理解していた。これには重定へのものだけでなく、治憲への罰も含まれていた。幕府へ届けてある七家ら家老職を誅《ちゅう》した治憲は、老中たちへあらかじめ報《しら》せるどころか、ことがすんでから、上杉がこうなったのには、幕府にも責任があるだろうと連絡さえ放置した。幕府の権力をないがしろにしたといわれれば、否定できないまねであった。それを老中たちは忘れてはいなかった。

治憲は唇を嚙《か》み破るほど、無念であった。やっと藩政が好転し始めたと安堵《あんど》した途端に、次々と厄介ごとが押し寄せていた。

寵臣の堕落、飢饉《ききん》、火災と立て続けに凶事が治憲を襲っていた。そこに止めともいえる幕府お手伝い普請の命が下されるやも知れぬとの報せであった。

十五万石の上杉家が受けるほどの普請となれば、確実に数万両から十万両近い金額が要った。

「死ぬような思いでためた金は、この度の凶作で吹き飛んだ。そこにお手伝い普請が命じられては、藩はもたぬ」

治憲は血を吐く思いであった。

新しく産業を興す。農政を改革する。どちらも魅力ある夢であるが、ただではできなかった。藩士を使うことで人手は確保できても、材料や道具、場所を整備するための金は要る。ようやくその目途のついたところを狙《ねら》うような幕府の動きに、治憲は大声をあげたいほどの無念さを感じていた。

「なんとか避けられぬのか」

避けられるようなら、端《はな》から報せになど来ないとわかっていながら、治憲は留守居役を詰問するしかなかった。

「手は尽くしておりますが」

留守居役が小さくなった。

「まだ正式に沙汰《さた》が下りているわけではございませぬ」

「余が出府するまで待っていると」

「おそらくは……」

治憲の確認に留守居役が首肯した。

「いつまでも逃げてはおれぬか」

立ち向かう決意を治憲は固めた。

急いで治憲は江戸へと向かった。

飢饉へ対応するためではあったが、病気と偽って参勤を遅らせている。事情もわかっているうえ、他の大名もやっていることとして、黙認されている参勤の日延べだが、厳密にいえば武家諸法度に反していた。問題にされれば、抗弁のしようはなくなる。

治憲は、少しでも早く江戸へと焦った。

といったところで、参勤の行程は決められている。薩摩や弘前ほど離れていたのならば、少しずつ縮めていけば、一日くらいはどうにかなるだろうが、米沢から江戸まではさほど遠くない。無理をしたところで半日縮められればいいほうであった。

また治憲が普段と違って急げと命じては、藩士たちの間になにかあったのかと疑念を生む。

治憲のはやる心を置き去りにして、行列は例年通りの日程を消費して江戸へ着いた。

江戸へ着いた治憲は、老中へ登城の許可を求める使者を出した。

普通の参勤ならば不要な手続きだったが、慣例に沿わない行動を取ったことで、一種の進退伺いのようなものを出さなければならなかった。と同時に、米沢へ来た留守居役以外の者から現況を訊いた。

「難しいか」

「申しわけございませぬ」

留守居役が平身低頭した。

「だめか」

詫《わ》びる留守居役の姿が、万策尽きたことを表していた。

「尾張さまにおすがりするしかない」

困ったときの御三家頼みである。治憲は尾張徳川宗睦《むねちか》との面談を望んだ。

幸い、尾張侯とは二重の縁があった。先代重定、世子《せいし》治広の二人が、正室を尾張から迎えていた。

「茶会を催そう」

徳川宗睦が、治憲との面談を快諾してくれた。

大名同士が会うことを幕府は嫌った。謀叛《むほん》の相談をしているのではないかと危惧《きぐ》したからである。幕府創世のころ謀叛の疑いで潰された外様が多くでた。これを受けて大名は、幕府の疑いを招かないよう、同席の場に旗本に立ち会いを求めるのが慣例となっていた。

ただし、御三家だけは別であった。建前として、徳川家康の子供を祖とする御三家に謀叛などないとなっているからだ。

茶室で治憲は尾張徳川家当主宗睦と二人きりになった。

「お手伝い普請のことであろう」

時候の挨拶《あいさつ》、上杉治広に嫁した宗睦の娘、純姫の近況などを話し終えた治憲へ、宗睦から口にしてくれた。

「お力におすがりできませぬか」

上杉家の現況を包み隠さず、治憲は告げたうえで頼んだ。

「余では難しい」

宗睦が首を振った。

「さようでございますか」

尾張家には先代重定から迷惑をかけどおしである。これ以上無理は言えなかった。

「もう一服していくがいい」

落胆する治憲へ、宗睦が茶の用意を始めた。

「少しばかり音物《いんもつ》は要るが、どうにかしてくれるやも知れぬ。主殿頭《とのものかみ》を訪ねてみるがいい」

茶筅《ちゃせん》を動かしながら、宗睦が助言した。

「田沼さまでございますか」

出された茶を喫することも忘れ、治憲は問うた。

田沼主殿頭意次は、十代将軍家治の寵臣である。もとは将軍の身の廻りの世話をする小納戸《こなんど》という小身であったが、その気働きの細やかさを気に入った家治によって引きあげられ、今や老中まで上っていた。家治が田沼主殿頭の言うことをすべて承諾するため、その権力は絶大であり、御三家でさえ遠慮しなければならない相手であった。

「金を渡せば、どのようなことでもしてくれると評判だそうだ」

嫌そうな顔で宗睦が言った。

「はあ」

二人きりとはいえ、老中の悪口である。治憲は同意するわけにもいかず、かといって否定して宗睦の機嫌を損ねるわけにもいかず、曖昧《あいまい》な返答をした。

「他の老中どもも、上様のご寵愛深い主殿頭のいうことならきくはずだ」

苦々しく頬をゆがめたまま、宗睦が手立てを教えてくれた。

「お目にかかる算段をせよ」

尾張家から帰った治憲は、留守居役へ田沼主殿頭との面会を命じた。

「……多少費えが」

言いにくそうに留守居役が、口ごもった。

「構わぬ。百両でも二百両でも遣え」

治憲が許した。

天下の老中ではありながら、田沼主殿頭は金を好んだ。もともと誰かに会ってもらったり、便宜をはかってもらうには、幾ばくかの金か音物は必須である。

ただ、田沼主殿頭は露骨であった。

「金は命の次にたいせつなもの。それを差し出すのは忠義の証《あかし》である」

田沼主殿頭は、こう公言してはばからなかった。

「ただちに」

許可をえた留守居役が手配をし、数日後治憲は田沼主殿頭と面談がかなった。

「難しいの」

治憲の要請に、田沼主殿頭が腕を組んだ。

「田沼さまのお力で」

もう一度治憲は頼んだ。

「お手伝い普請は、大名たちの義務である。それを断るというのは、将軍への忠義に欠けるとなるぞ」

田沼主殿頭が脅した。

「…………」

治憲は沈黙した。将軍への忠義に反する。これは藩の終わりを意味していた。

「お手間を取らせました。ではこれにて」

打つ手を失った治憲は、力なく田沼主殿頭へ別れを告げた。

お手伝い普請を避けるための手立ては尽きた。ならば、せねばならぬことがあった。金策である。

お手伝い普請には数万両からの金が要った。昨年の飢饉で藩庫は尽きた。借財以外に金策の方法はなかった。

ようやく御用商人たちの評判もよくなったところで、また借財の申しこみをしなければならない。たとえ大名として引き受けざるをえないお手伝い普請のためとはいえ、財政の悪化を招くことになる。

商人たちがどう思うか、治憲はそれを思うと胃が重くなった。

「小半刻（約三十分）ほどのお話で、あれだけのものをいただいては、釣り合わぬ」

不意に田沼主殿頭が言った。

「なんでございましょう」

あげかけた腰を治憲は下ろした。

「老中が、お手伝い普請を避けるような手段を教えるわけにはいかぬ」

「……………」

田沼主殿頭の建前を治憲は黙って聞いた。

「だが、慣例をお話しするのは、問題ない」

「慣例……」

治憲が呟《つぶや》いた。

幕府が成立して百八十年に近い。もとは戦うことを旨とした武士たちも、泰平が続けば、ただ禄《ろく》をもらって命じられたことをなすだけになる。決まった毎日、定められた役目、これらは繰り返されることで、習慣となり、やがて慣例となっていく。慣例は保身であった。前任者と同じことをしている限り、失敗しても咎《とが》められないからだ。

「お手伝い普請は……」

一度言葉を切った田沼主殿頭が、治憲をじっと見つめた。

治憲はなんともいえない気分であった。ときの権力者から試すような目で見られている。

藩主となって今まで、さげすまれたり、能力を疑われたりはしたが、このように心の底を見透かそうとする目は初めての経験であった。

「お手伝い普請は、代替わりの年には免除される慣例がござる」

「代替わり……」

一瞬、治憲はなんのことかわからなかった。

「……隠居をせよと」

田沼主殿頭の言葉を治憲は理解した。

「聞けば、弾正大弼《だんじょうだいひつ》どのの跡継ぎどのは、尾張さまの姫を正室に迎えられたとか」

「はい」

「立派な跡継ぎでござるな」

褒めるように田沼主殿頭が言った。

「弾正大弼どのは、お身体が御丈夫ではないようだ。参勤を半年も遅らされたほどだ。無理はよろしくござらぬぞ」

田沼主殿頭が気遣うような顔をしたが、治憲はその裏にあるものを感じ取っていた。

幕府は徳川に繋《つな》がる者を外様の藩主としておきたがっていた。前藩主上杉重定の娘を妻としている治憲は、徳川家との縁がなかった。対して、世子治広は尾張家の娘婿である。幕府がどちらを喜ぶか、考えるまでもなかった。

「ご助言かたじけなく」

そう応えるのが精一杯であった。

「よくお考えなされよ」

田沼主殿頭が治憲へ声をかけた。

非公式とはいえ、老中の意向は示された。もちろん、拒むことはできる。だが、それは米沢藩に厳しい結果を呼ぶ。

「ではの」

にこやかに笑いながら、田沼主殿頭が帰れと告げた。

二

田沼主殿頭意次との会談を終えた治憲は上屋敷へ戻ると、人払いを命じた。

「少し一人で考えたいことがある」

いつでも藩主の命に応じられるよう控えている小姓、近習《きんじゅう》まで治憲は遠ざけた。

「吾に藩主を辞めろというか」

治憲は吐き捨てるように呟いた。

長年の苦労が形になりつつあった。去年の飢饉のとき、領内からほとんど餓死者を出さずにすんだのがその証拠である。

数年前には、義倉の数も備蓄も少なかった。なにより他藩から米を買う金がなかった。それを蓄えたのは治憲であった。

「これらすべては、余の手柄ではないか」

一人になった治憲は思いの丈を口にしていた。

「養子、小藩の出と馬鹿にされ、まつろわぬ家臣たちの機嫌を取り、逆らった者たちの命を奪った。余の苦労がやっと実を結ぶというに……」

治憲は怒りを抑えきれなかった。苦労してようやく峠の頂上へたどり着いた。達成感に包まれながら、景色を楽しもうというときに、突き落とされた気分であった。

「天下の主と君臨しておきながら、何一つ幕府は手を貸してくれなかった。どころか、お手伝いだとか、お役だとかを押しつけ、藩に負担をかけるだけだった」

藩主になったばかりのとき、治憲はお手伝い普請をさせられていた。また、近年まで増上寺の火防役も命じられていた。

「なぜ今なのだ。飢饉がなければ、まだどうにでもできる。借財をしなければならぬとはいえ、返せる目途はあった。だが、その余力を遣いはたすのを見ていたかのように、お手伝い普請を命じるなど、上杉を潰したいのか」

幕府への呪詛《じゅそ》を治憲は口にした。

「潰したいならば、先代が領地返納を申し出たとき、受け取っていればよかったのだ。そうすれば、余は旗本の当主として、倹約のことなど考えずに生きていけた」

治憲はいつのまにか泣いていた。

涙を流しながら、治憲は初めて七家と竹俣当綱の気持ちがわかった。

七家も竹俣当綱も、置いて行かれる恐怖に負けたのだと理解できた。

上杉謙信以来の名門として、米沢藩を差配してきた七家は、代々藩政の中心にいるのが当たり前となっていた。その七家が治憲の改革では障害と言われた。名門として培ってきた歴史を否定された思いを持ったとして当然であり、反発したのも無理はなかった。

竹俣当綱も同じであった。まだ嫡子でしかなかった治憲を認め、藩主となってからは改革の実行者として支えてきた。だが、やがて権力を己のものと勘違いし、治憲に反発するようになった。

それもこれも、己が不要と捨てられる恐怖からであった。そしてその恐怖を遠ざけようとした。

「怖れ……いや甘え」

己を含めて七家も竹俣当綱も、拠《よ》っている立場に甘えていた。すべて仮の姿でしかないことを知っていながら、己の力だと思いこんだ。

「藩主というのも借りものであった」

治憲は今さらながらに気づいた。幸姫が死んだことで、今度こそ、娘婿ではない藩主になれたと己が勘違いしていたことに。

「その罰か」

大きく治憲は肩の力を落とした。

「殿」

襖《ふすま》の外から小姓の声がした。

「なんじゃ。誰も来るなと申したはずだ」

涙を見られるわけにはいかなかった。治憲は厳しく叱《しか》った。

「ご来客がおみえでございまする」

襖を開けず、小姓が述べた。

「誰とも会わぬ。帰っていただけ」

「細井平洲先生なのでございまする」

拒む治憲に小姓が告げた。

「先生が」

訪問の約束はない。治憲が首をかしげた。

不意の来訪とはいえ、治憲にとって細井平洲は師にあたる。師父という言葉があるように、親に準ずるあつかいをするのが、儒教の教えであった。

「客間へお通しせよ。お茶をお出ししてもてなしておくように。吾もすぐに参る」

小姓へ指示して、治憲は鏡を取り出した。手拭《てぬぐ》いで涙の跡を拭い、身形《みなり》を整えて、深く息を吸って心を落ち着かせてから、治憲は客間へと向かった。

「夜分に失礼をいたしまする」

「ご無沙汰をいたしておりまする。帰国の挨拶もいたさず、ご無礼をお許しくださいませ」

平洲と治憲が互いに詫びた。

「早速だが……」

用件に入りたいと平洲が治憲へ告げた。

「はい。皆、遠慮せい」

平洲の目が小姓たちに向けられたのを見た治憲がその望むところを汲《く》んだ。

「かたじけない」

小姓たちがいなくなるのを待って、平洲が頭を下げた。

「いえ。で、本日は」

普段ならば師の来訪は歓迎すべきことであったが、今の治憲にとっては煩わしかった。

「主殿頭どのから、藩主を辞めよと言われたであろう」

「どうしてそれを」

治憲は驚愕《きょうがく》した。

「殿が教えてくだされました」

「尾張さまが」

平洲は尾張藩お抱えの儒学者である。殿というのは徳川宗睦しかいなかった。

「お手伝い普請を避けるには、それだけとご存じだからでございましょう」

「わたくしがお目にかかったときには、教えてくださらなかった」

不満を治憲は口にした。

「やはり見えなくなっておられたか」

平洲が厳しい顔をした。

「どういうことでしょうや」

師の言葉の意味を治憲は問うた。

「なぜこんな目に遭わねばならぬのかとお考えであろう」

「…………」

「やっと成果が出たところで、投げ出さねばならぬなど、あまりに非道と思ってございましょう」

「…………」

言い当てられて治憲は沈黙した。

「少し落ち着いて考えられれば、公《こう》ならばお気づきになるはず」

「落ち着いて……」

言われて治憲は思案した。

「お手伝い普請を避けるために隠居すると知れておるのでございまする。いわば老中たちに肩すかしを食わせるようなもの」

「あっ」

思わず治憲は声をあげた。

お手伝い普請は、幕府から外様の大名たちへ命じる賦役であった。言い換えれば罰のようなものだ。それを隠居することで逃げる。隠居してしまえば、責任を負うこともその資格も失う治憲はいい。しかし、上杉家は続くのだ。それこそ、肩すかしを喰わされた形の老中たちの憎しみは、次の藩主となる治広へ向かう。

「わかられたようでなにより。尾張公から教えられて、幕府へ隠居願いを出すのと、田沼さまに言われて出すのでは、幕府の対応が変わりましょう」

平洲が述べた。

幕府の老中はすべて田沼主殿頭の引きで出世してきた者ばかりであった。その老中たちが、田沼主殿頭の入れ知恵に反発できるはずなどなかった。

「さようでございました。情けない」

治憲が不明を詫びた。

ようやく平洲が表情を緩めた。

「普段の公に戻られたようでございますな」

「恥ずかしい姿をお見せしました」

深く治憲は反省した。

「ご決断はつかれましたか」

「……はい」

少し逡巡《しゅんじゅん》したが、治憲はうなずいた。

「まだこだわりがあられるようで。無理もございませぬが」

小さく平洲が嘆息した。

「公。倹約、殖産興業はなんのためでございましょう」

「領地を富ませるためでございまする」

問われた治憲はすぐに答えた。

「では、それは公だけのお仕事でございますかな」

「……わたくしに与えられたものと理解しておりまする」

治憲は質問の意図をはかりかねた。

「では、公が亡くなられれば、そこで終わりを告げると」

「…………」

二度目の衝撃であった。治憲は雷に打たれたかのように、身体が震えた。

「政は一代で終わるものではございませぬ。もちろん、飢饉の対応などただちにおこない、その場で終わるものもございまするが、基本は何代も先を見据えるもの。農地の改革など、十年や二十年で結果を出そうというのが無理でございまする」

「……なんとも、恥じ入るばかりでございまする」

治憲は頭を垂れた。

「わたくし一人でなんとかしようと考えておりました」

「竹俣どののこともございました。無理もないとは存じまする」

平洲が慰めた。

「しかし、これは好機でございまする」

「好機……」

言われて治憲は怪訝《けげん》な顔をした。

隠居してしまえば、藩主ではなくなる。権力も失う。先代の重定という見本があるのだ。かつては寵臣森利真を使って、藩政を牛耳った重定が、今では米沢に籠もって、能楽と温泉に浸《つか》る毎日を過ごしている。

それを見ているだけに、治憲は隠居というものを拒絶していた。

「隠居するのが好機とはどういうことでございましょうや」

治憲は尋ねた。

「隠居に大名の義務はございませぬ。参勤交代も、江戸にいなければならないという理由もありませせぬ。面倒な政はしなくてよく、好きなときに領地の見聞に出向ける」

微笑《ほほえ》みながら、平洲が言った。

「代わりに権もなくなりまする。次の藩主が、倹約を破棄すると言ったところで、止めることなどできませぬ」

積み上げてきたものを壊される。それを治憲は怖れていた。

「人はかならず死ぬ。何度も言うようでございますが、これは真理」

あきれた口調で平洲が述べた。

「こればかりは、誰も避けられませぬ。そして天寿を迎えられれば、どれだけ悔いが残っていてもどうしようもござらぬ」

「…………」

正論に治憲は言い返せなかった。

「先ほども申しましたとおり、藩政改革は代を重ねて初めて成るもの。いつかは後進に道を譲らねばなりませぬ。それが早くなっただけ」

「譲る……」

「さよう。これをおまちがえになってはいけませぬ。家を譲る。これは人として重要なこと。それとは別に、公は藩政改革への想いを次代へ受け継がねばなりませぬ」

「吾が想いを相続させる……」

治憲は、呟くように繰り返した。

「その想いをしっかりと残すようになさるのが、これからの公のお仕事でございまする」

言い残して平洲が去っていった。

「想いを継がせるか。人に吾が考えを押しつけるに近い。下手をすれば反発を買い、すべてをひっくり返させる。また、強く受け止められすぎれば、吾の言ったことだけしかできなくなるだろう。百年先まで影響が出る。藩政改革より、よほど面倒ではないか」

平洲の宿題に、治憲はため息を吐いた。

「一時《ひととき》も無駄にできぬ」

すぐに治憲は、江戸家老と勘定方、留守居役を夜中にもかかわらず、呼び出した。

「田沼さまより……」

治憲は、お手伝い普請を避けるには、隠居するしかないと教えられたことを語った。

「そのようなことが認められるはずはございませぬ。殿はまだ三十四歳とお若く、藩主の座を引かれるなどとんでもない」

江戸家老千坂与市清高が、顔色を変えた。

「勘定方、余の隠居と治広どのの家督相続、いくらあれば成る」

憤る千坂与市を置いて、治憲が勘定方へと問うた。

「ご隠居の願いと家督相続の願いは、同時に出しますゆえ、老中方、大目付さま、奥《おく》右筆《ゆうひつ》どのへのご挨拶は一度ですみまする。が、供道具なども新調いたさねばなりませぬし、お世継ぎさまをお迎えするために上屋敷を調える費用、殿のご隠居御殿の新築など……」

「隠居御殿など要らぬ」

治憲は遮った。

「余は中屋敷でも、下屋敷でも空いているところに住む。国元であっても、二の丸でも城下の空き屋敷でもよい」

無用だと治憲が告げた。

「そう仰せいただければ、代替わりの費用、二千両ほどで抑えて見せまする」

勘定方が言った。

「お手伝い普請、どのていどの費用がかかるものとなりそうじゃ」

今度は留守居役へ、治憲は問うた。

「……まず二万両」

「ということは三万両はかかるということよな」

治憲は苦い顔をした。お手伝い普請は幕府の工事である。あらかじめ、幕府の普請方と勘定方が、工事の規模からだいたいの費用を見積もっている。しかし、それですむことはなかった。

お手伝い普請が見積もりをはるかにこえるのは、幕府が嫌がらせをするからであった。

幕府から出された工事を監督する普請方が、なにかと文句をつけるのだ。ひどいときは、一度完成を認めておきながら、後日苦情を言いだし、再工事させることさえあった。

「三万両と二千両、どちらを取るか、自明の理じゃ」

治憲が千坂与市へ顔を向けた。

「……殿」

千坂与市が泣きそうな顔をした。

「泣きたいのは余じゃ」

平洲と話したおかげで落ちついた治憲は、千坂の様子に苦笑した。

「藩政の改革もまだ端緒であり、倹約はこれからも続けていかねばならぬ。この大事なときに、藩主の座を降りるのは無念なれど、上杉の家のためならば、余は厭《いと》わぬ」

治憲は堂々と宣した。

「残りは治広どのに託す。治広どのならば、余以上にしてくれるであろう。皆で支えてやってくれるよう」

「畏《おそ》れ入りまする」

家臣たちが平伏した。

「留守居役、隠居の願いをあげるための手はずをな」

「はっ」

命じられた留守居役が首肯した。大名、旗本などの隠居は幕府の許しがなければ、できなかった。今回のようにお手伝い普請を避けるためという計算ずくでの隠居の場合、下手《へた》を踏めば拒否されかねなかった。

「まずは、田沼主殿頭さまへご挨拶をいたせ」

治憲は知恵を付けてくれた田沼主殿頭の顔を立てるようにと告げた。

「お任せを」

そのあたりは留守居役の得意とするところである。留守居役が胸を張った。

天明四年（一七八四）九月十六日、治憲は病気を理由に隠居したいと幕府へ内々の届けを出した。

「領地おさまり、君主として十分な働きをしていること、上様の御意にかなない……」

形ばかりの慰留はあったが、根回しは十分できている。

「されど病とあらばいたしかたなし。格別の思し召しをもって上杉弾正大弼の隠居を許す。また、世子中務大輔《なかつかさたいふ》治広への家督も認める」

こうして治憲の隠居は決まり、お手伝い普請の話も流れた。

幕府への対応は無事に終わった。納得しなかったのは、家督を譲られる治広であった。

「なぜ義父上《ちちうえ》が隠居をなさらねばならぬのでございますか」

若さゆえの潔癖からか、治憲の隠居の理由を知った治広が強く反発した。

「すまぬな」

治憲は礼を言った。

「そこまで余のことを考えてくれるとはの」

憤る治広へ、穏やかに治憲は微笑んだ。

「治広どのよ」

隠居すると決めたときから、治憲は養子治広に敬称をつけていた。

「勝手に話を進めたこと、申しわけなく思っておりまする」

「ではもう一度……」

身を乗り出した治広を治憲が手で制した。

「まだまだせねばならぬことがあると知っておりながら、これで楽になれるとほっとしてもおりまする」

「楽にでございまするか」

「さよう。藩主というものは辛《つら》いものでござる。孤独でござる。もちろん、支えてくれる家臣たちはおりまする。なれど、すべてを決め、そしてその責を負うことができるのは、藩主だけ。誰かに相談はできても、その結果を受け止めるのは、藩主一人」

「一人……」

治憲の言葉を、治広が繰り返した。

「さよう。藩主は領内のことすべてを背負いまする。その重さはその座に就いたことのない者には決してわかりませぬ。たとえ、奉行であろうが、江戸家老であろうが、いや、血を分けた兄弟でさえ理解してもらえませぬ」

藩主の座を譲るのは、治憲の想いを受け継いでもらうことでもあった。だが、押しつけはできなかった。現実をまず知らせなければならないと治憲は考えていた。

「…………」

治広が黙った。

「上杉家の藩主、これは諸大名のなかでも格段に難しい。関ヶ原の原因となり、徳川家へ敵対した家。そして計り知れないほどの借財に縛られた家」

「それは……」

聞いていた治広の顔色が白くなった。

「藩主の座などよいものではございませぬ。それを押しつける。あと二十年、いや十年、あれば治広どのにもう少しましな状態でお譲りできた。しかし、今お手伝い普請を受けてしまえば、譲る藩がなくなってしまう。ゆえに業《ぎょう》いまだならずの状態でお渡しせねばなりませぬ。それだけが心残り」

治憲は詫びた。

「わかりましてござる。義父上の心残り、わたくしが払拭《ふっしょく》いたしましょう」

藩のためとの真意を理解した治広が強く述べた。

「かたじけない。なれど、慌てられるな。わたくしは己のしてきたことに自信を持っておりまする。ただ、これはわたくしの責と想い。新しい藩主には、そのお方の責と想いがなければなりませぬ。藩主となられ、上杉のすべてを知られてから、どうなさるかをおきめくださいますよう」

「藩主となってから……」

治広が繰り返した。

「先ほども申しあげたように。すべての責を藩主は負う。ならば、せめて悔いのないよう、己の想いを貫くべきでございまする」

「己の想い」

治広が繰り返した。

「国を民を家臣たちを救いたいと思うのは藩主として当然。そのために何をするか。治広どのがお決めなされ。今までしてきたことをわたくしは後悔いたしておりませぬ。いいえ、誇りと思っておりまする。ただ、わたくしのしてきたことがすべて正しいとは言いませぬ。それを判断なさるのは、次の藩主である治広どの。そして評価が下るのは、後世。わたくしのしてきたことを受け継ぐかどうか、それをお決めになるのに、急がれますな。もちろん、改革に余裕はございませぬ。一年も二年も差しあげられませぬ。ただ、一夜でも結構。しっかりとお考えくだされ。それが、どのようなものでもそのすべてをわたくしは肯定いたしまする」

「……はい」

治憲の保証に、治広が落ち着いた。

「では、治広どの」

背筋をきっと伸ばした治憲が、あらためて治広を見た。

「上杉の家督お譲りいたしまする」

「たしかに受け取りましてございまする。民を愛し、国に尽くすことを不識庵謙信公《ふしきあんけんしんこう》のお名前に誓いまする」

こうして二人の間での家督相続はなった。

「義父上、ご隠居なされたとはいえ、楽はさせませぬぞ」

席を交代し、上座へ移った治広が告げた。

「もちろん、隠居してからもお手伝いはさせていただきまする」

笑いながら治憲は首肯した。

「備蓄のことだけは、わたくしの名前でさせていただきたい」

治憲は一層の倹約を強いることになる政策の責を若い治広に押しつけたくなかった。

「わかりましてございまする」

藩主の座への未練とも取れる願いを治広は認めた。その裏に、無理を押しつけられる民たちの恨みを治広ではなく、己へ向けようとの治憲の思いがあった。まだ若い治広は気づいていないが、いずれ知ることになると治憲は口にしなかった。

藩政の後始末もあり、治憲の隠居は翌天明五年（一七八五）二月九日となった。

「最後に一つだけ、藩主としての訓をさせていただく」

隠居の二日前、藩主としての言葉遣いを治憲はした。

「はっ」

下座で治広がかしこまった。

「一つ、国家は先祖より子孫へ伝え候《そうろう》ものにして私《し》すべきものには非ず候」

「一つ、人民は国家に属するものにして私すべきものには無く候」

「一つ、国家人民のために立たる君にて君のために立たる国家人民にはこれなく候」

三箇条を治憲は告げた。

「これをもって国を貴殿にお伝えする」

「伝国《でんこく》の辞《じ》、たしかに受け取り申し候」

治広が頭を垂れたまま応じた。

三

隠居した治憲は、三月米沢へ帰国した。

「なにもせずともよい」

命じていたにもかかわらず、治憲の隠居御殿の建築が三の丸で始まっていた。

「中殿さまが、城におられてはお屋形さまがお気を遣われまする」

奉行広居図書忠紀の言葉に、治憲は反論できなかった。

治憲の隠居を受けて、上杉家では重定を大殿、治憲を中殿、治広を屋形《やかた》、世子顕孝を若殿と称していた。

その中殿が費用節約のためと城中の片隅にいては、藩主治広の心の負担となる。

「わかった。できるだけ質素にな」

釘《くぎ》を刺して、治憲は建築を認めた。

治憲が江戸を離れて半月ほど、上杉家上屋敷を一人の尼僧が訪れた。

「莅戸《のぞき》九郎兵衛さまに、お探しの女《おなご》についてお話が」

「誰じゃ……そなた」

求めに出てきた莅戸九郎兵衛が、尼僧の顔を見て息をのんだ。

「妙でございまする」

尼僧は、莅戸九郎兵衛が探していたもと藩士武藤小平太の妹妙であった。妙は、森利真の要請で治憲を籠絡《ろうらく》すべく送りこまれた女であった。まだ元服もしていない若かった治憲と男女の仲にはならなかったが、供に過ごすうちに情を交わしていた。あと数年もすれば、妙は治憲のお手つきになったはずであった。

しかし、森利真の失脚に伴い、妙も治憲の前から去らざるを得なくなってしまった。

「尼になっていたのか」

「吾が身は、いいえ、心も直丸さまへ捧げましてございまする。他の男に触れさせるわけにはいきませぬ。ゆえに尼となり、操を守り続けて参りました」

妙が誇らしげに胸を張った。

「ならば、問題はない。今からでも殿にお仕えせぬか」

尼僧姿の妙に莅戸九郎兵衛が還俗《げんぞく》を勧めた。

「いいえ」

妙が拒んだ。

「わたくしももう四十歳に近うございまする。お側へあがったとしても、お褥《しとね》は辞退いたさねばなりませぬ。閨《ねや》に侍《はべ》られぬ女ならば、還俗など不要でございましょう」

「……それはそうだが」

莅戸九郎兵衛は口ごもった。

「お豊の方さまもお褥をご遠慮なさっておられる。たいして殿はまだ不惑になっておられぬ。まだ枯れられるお歳ではない」

「わたくし以外の若い女をお側へ」

「それを受け入れてくださるようならば、そなたを探しはせぬ」

いらついた口調で莅戸九郎兵衛が返した。

「…………」

妙が泣きそうな顔をした。

「すまぬ。やつあたりであった」

声を荒らげたことを莅戸九郎兵衛が詫びた。

「いえ、うれしゅうございまする」

にこやかに妙が微笑んだ。

「うれしい……」

怒鳴られて喜ぶ妙へ莅戸九郎兵衛が疑念を感じた。

「はい。それだけ、莅戸さまが直丸さまのことをお案じ下されている証拠」

　妙はかたくなに治憲を幼名で呼んだ。それが二人の繋がりだといわぬばかりであった。

「よきお方たちに恵まれておられまする」

「いや、我らではお力になれておらぬ」

　悔しげに莅戸九郎兵衛が唇を噛んだ。

「我らに十分な力があれば、中殿さまはご隠居などなさらずにすんだ」

　志半ばで藩主の座を引かなければならなかった治憲の無念を思った莅戸九郎兵衛は、唇を噛んだ。

「わたくしが、お側を離れてからのご様子をお教え願いまするか」

　失われた日々を想った妙が訊《き》いた。

　藩主となってから退隠するまでの十九年間の苦労を間近で見てきた莅戸九郎兵衛としては、どうしても感情がこもる。七家騒動や竹俣当綱の話など、声が震えた。

「少しは耳にしておりましたが……」

　妙も涙した。

「なかでも辛いのは、ご正室幸姫さま」

幸姫が妻としての役割を果たせなかったことを莅戸九郎兵衛が告げた。

「それは……」

聞いた妙も言葉を失った。

「お慰めする人は」

「国元のお豊の方さまだけじゃ」

莅戸九郎兵衛が答えた。

「ゆえに頼む。中殿さまの長き余生の助けになってくれ」

もう一度莅戸九郎兵衛は頼んだ。

「すでに仏門へ入った身。さらに直丸さまがお辛かったとき、逃げていたわたくしでございまする。今さらなにかできるなどと思いあがるのは、無礼千万。なれど、お話をうかがうくらいならば」

後悔を口にして、妙は受けた。

「それでよい。中殿さまもお喜びになられよう。今は国元におられるが、出府のおりには、報せるゆえな」

ほっと莅戸九郎兵衛が肩の荷をおとしたとばかりに、息を吐いた。

隠居した翌年、天明六年（一七八六）も凶作であった。領内の損耗は七万石をこえ、米沢藩はまたも備蓄を放出せざるをえなくなった。

「まことか」

江戸にいる治広に代わって国元の指揮を取っていた治憲のもとへ訃報がもたらされた。

「将軍家治さま、過ぐる八月二十五日、お亡くなりになられましてございまする」

嫡男家基に先立たれてから、消沈していた十代将軍家治が死去した。

「おかわいそうなお方であった」

治憲は将軍の死に不安を募らせた。

「田沼主殿頭さまはどうなる」

重用してくれた主君の退場とともに去るのが寵臣の宿命であった。

将軍家治の信頼を背に、田沼主殿頭は権力を握っていた。その根本が崩れた。もし、このまま田沼主殿頭が権力を失えば、その余波を治憲は喰らいかねなかった。

田沼主殿頭の指示に従って、隠居することで治憲はお手伝い普請を避けた。これは、幕府の命を拒んだに等しい。問題にならなかったのは、田沼主殿頭を後ろ盾としていたからだ。その田沼主殿頭に危機が及んでいた。もしも田沼主殿頭が失脚し、代わって政敵である松平《まつだいら》越中守定信《さだのぶ》が権力を握れば、田沼主殿頭の行動はすべて悪として断罪される。当然、治憲にも手が伸びる。下手をすれば、幕府を謀《はか》ったとして、治憲は切腹、米沢藩は改易《かいえき》となりかねない。

治憲の危惧は的中した。

一代の寵臣田沼主殿頭は、家治の死後二日で老中を辞めさせられた。さらにその二カ月ほど後、二万石を収公されたうえ、屋敷や財産の没収を受けた。

「手を打たねば」

治憲は直ちに動いた。上杉家は、松平定信の領地奥州白河を参勤交代の途中通る。その関係上、江戸城中で顔を合わせば挨拶をするていどのつきあいはあった。治憲は定信の老中首座就任祝いを用意させた。

宿敵田沼主殿頭を追い出したとはいえ、まだその影響力は幕閣に根深い。いつ田沼主殿頭の逆襲があるかわからない時期であり、一人でも味方の欲しい松平定信にとって上杉の挨拶は価値があった。足下を早急に固めたい松平定信の思惑と一致した治憲の策はあたった。

翌天明七年、実父秋月種美の病見舞いで出府した治憲は、江戸城へ呼び出された。

「年来国政宜しく致す段、吾が意にかなう。ゆっくりと、病気療養に尽くすよう」

十一代将軍家斉《いえなり》が、治憲在任中の治世を褒めた。将軍のお墨付きを得たのだ。治憲の危機は去った。

幕府への対応を無事こなし、安堵《あんど》した治憲のもとへ、莅戸九郎兵衛が目通りを願った。

「久しいな」

隠居前に小姓頭を辞めた莅戸九郎兵衛と顔を合わすのは、二年ぶりであった。

「ご尊顔を拝したてまつり、九郎兵衛恐悦至極に存じまする」

「隠居の身に堅苦しい挨拶は無用じゃ」

治憲は手を振った。

「顔を出したということは、妙の行方がわかったのだな」

用件を治憲は読んでいた。

「はい……」

「何があった、妙は生きておるのだろうな」

口ごもった莅戸九郎兵衛へ、治憲が迫った。

「健勝でありまするが、ただ仏門へ」

「そのようなことか」

治憲が微笑んだ。

「十年前ならば、妙を閨に呼んだであろう。余が最初に愛《いと》おしいと思った女だからの。だが、今は豊がおる。出会いは早かったとはいえ、妙と男女の仲になることはできなかった。これも人の定め。取り戻したところで、豊を悲しませるだけであろう。豊にとって余がただ一人の男であるように、余も豊をただ一人の女として愛《め》でてやるべきである」

「……………」

黙って莅戸九郎兵衛が聞いた。

「跡継ぎがおらぬならば話は別だが、余にはすでに代を譲った治広どのだけでなく、血を引いた顕孝もおる。妙が尼僧であろうとも、誰かの妻女となっていようともかまわぬ」

「畏れ入りました」

治憲の言葉に、莅戸九郎兵衛が恐縮した。

「会えるか」

「はい」

莅戸九郎兵衛の案内で、治憲は妙の住む寺を訪れた。

久しぶりの対面は、二人の声を失わせた。かつての幼かった直丸は、すでに隠居となり、美しかった妙の顔には、はっきりとしわが刻まれていた。互いの顔に過ぎた日々が表れていた。

治憲と妙は、互いを見つめあった。

「……ご立派に……」

最初に口を開いたのは妙であった。しかし、最後まで言えず、顔を手で押さえた。

「健勝な様子、なによりである」

妙の声を聞いた治憲が、微笑んだ。

「すまなかった。守れなかったことを詫びる。長き苦労をかけてしまった」

「と、とんでもございませぬ」

頭を下げた治憲に、妙があわてた。

「わたくしこそ、真意を隠して直丸さまの……申しわけございませぬ。つい、昔のままお呼びしてしまいました」

幼名で呼んだ妙が、急いで謝った。

「よい。その名で呼ばれてこそ、妙に会えたと確信できる」

治憲は許した。

「かたじけのうございまする」

さらに妙が頭を下げた。

「そなたの事情は知っておる。いたしかたのないことであったのだ。なにより、もうすんだ話である」

ゆっくりと治憲は首を振った。

「それより、妙の話を聞かせてくれ」

「直丸さまのお話を伺いとうございまする」

二人は同時に願い、顔を合わせて笑った。

二十年をこえる日々の思いでは尽きることなく、二人はときを忘れて語り合った。

「近いうちにまた来る」

「お待ちもうしておりまする」

さすがに夕刻をこえて尼寺に滞在するわけにはいかず、治憲は腰をあげた。

それから三日にあげず、治憲は妙のもとへかよった。妙も昼餉《ひるげ》を用意するなどして歓待した。楽しげに笑う治憲の様子に莅戸九郎兵衛もようやく胸をなで下ろした。

しかし、妙との逢瀬《おうせ》は二カ月ほどで中断した。大殿重定急病との報せを受け、急《きゅう》遽《きょ》治憲は国元へ帰らなければならなくなった。

幸い、重定の病は軽くすんだ。とはいえ、ふたたび女に会うため、江戸へ行くなど許される状況ではなかった。隠居といえども、出府《しゅっぷ》には行列を仕立てなければならないのだ。藩主参勤ほどではないにせよ、その費用は馬鹿にできなかった。

治憲は国元で忙しい日々を過ごした。隠居したお陰で、身軽になった治憲は、寺社参拝や郷村巡回に、身の廻りの家臣だけを連れて頻繁に出歩いた。おかげで、領内の現状をかつてないほど把握できた。

「思ったより疲弊しているな」

村々の惨状は治憲の想像以上であった。

天明と元号が変わってから、奥州の地は不作が続いていた。

「すっきりと晴れる日がほとんどなく……」

立ち寄った村で庄屋が首を振った。

「今年もあまりよろしくはないかと」

庄屋が窺《うかが》うような目で治憲を見た。

「隠居の身じゃ。何一つ約束してやることはできぬ」

治憲は庄屋の求めを理解していながら拒んだ。すでに藩主は治広なのだ。ここで治憲が年貢の減免などを口にすれば、二重の行政となり、混乱を生じる。

「ただ、殿がお国入りされたならば、村々をご覧になられるようにお勧めしておく」

精一杯の好意であった。

「ありがとうございまする」

庄屋が平伏した。

治憲が隠居したことで、藩内の権力図も変化し始めていた。まだ治憲が若いことで、あまり露骨な動きは出ていないが、治広に近づいていく家臣が増えていた。

いつまでも隠居した治憲に付いていたところで、出世などは難しい。となれば、移っていくのが人の心である。治憲は当然のことと受け止めていたし、藩内に己の同調者を作り、治広に対抗するつもりなど毛頭なかった。

治憲はただ米沢に根付いた改革の精神を枯れさせたくなかった。金よりも人が宝と治憲は知った。金は遣えばなくなる。だが、人の想いは受け継がれていく。

治憲は後進を育てることに力を注いだ。

人を育てる。これが、思いがけず政の表舞台から去らされた治憲を忸怩《じくじ》たる思いから救った。

「やったことのある者にしかわからぬ」

治憲はとくに藩主としての心得を、治広、顕孝、勝熙《かつひろ》の三人へ説いた。

養子治広は治憲の跡を受けて上杉家十代藩主となった。実子顕孝は治広の世子となり、十一代藩主と決まっている。そして治広の兄勝熙は、上杉の一門畠山《はたけやま》家を継承していた。

藩主である治広は、参勤交代の義務があるため、一年ごとにしか会うことはできないうえ、多忙である。ゆっくりと話をするのもままならないため、書を渡して読んでもらうしかなかったが、顕孝、勝熙の二人は米沢にいることもあり、毎日のように顔を合わせられる。二人は治憲の治世を支えるだけでなく、次代の上杉となる。治憲は熱心に教育を施した。

「為せば成る。為さねば成らぬ何事も。成らぬは人の為さぬなりけり」

顕孝、勝熙を前に、治憲が言った。

「ことを成就させたいと決意して、挑めばどのような難事も成し遂げられる。やってみたが、できなかったというのは、覚悟が足りていないだけである」

治憲は説明した。

「はい」

二人がうなずいた。

「お二方は、上杉の藩主一門である。藩祖不識庵謙信公の名を継ぐ者なのだ。生まれながらにして、人々の崇敬を受けている。奉行といえども、お二方の前では手をつく。これをはき違えてはならぬ」

ゆっくりと治憲は二人の顔を見た。

「皆が敬意を表してくれているのは、上杉という名前に対してであり、お二方へではない。なぜならば、お二方はまだ一人前でさえないからだ。すでに元服したゆえ、一人前だなどと言うてくださるなよ」

己が通ってきた道である。落とし穴がどこにあるかわかっているのだ。治憲の注意には、真意が籠もっていた。

藩をどうするか、領民に安寧を与えられるか、家中が穏やかでおられるか。これらすべては藩主の心がけ次第である。

「藩主とは国元において上無しなのでござる。藩主が命じたことを、拒める者はおりませぬ。家臣、領民の生命でさえ、気に入らぬの一言で奪えまする。人は死ねば終わり。生きていればこそ、事をなせまする。もちろん、殺さねばならぬときもございまする。だが、その責はすべて藩主が負わねばならぬのでござる」

経験に裏打ちされた治憲の言葉に若い顕孝、勝煕が息をのんだ。

「事を迎えたならば十分に思案をお尽くしになられませ。そして決めたうえは果断におこなわれますよう」

藩主としての心構えを治憲は告げた。

「後悔は許されぬと肝に銘じていただきますよう。藩主が悔いては、家臣領民に申しわけできませぬ。上に立つ者は、誰にも頼れぬとお覚悟くださいませ」

治憲は藩主の孤独さも語った。

「主君とは厳しいものでございますな」

勝煕が嘆息した。

「安楽に走ろうと思えば、いくらでもできまする。政を家臣に預け、己は好きなことに淫《いん》することも容易。しかし、その付けはかならず払わなければならなくなりまする。財政逼迫《ひっぱく》ですめばよろしいが、藩政混乱、治世乱脈と幕府から咎められることもありえまする。その結果、最悪はお家断絶、切腹となりかねませぬ」

「切腹」

顕孝が震えた。

「藩が潰れれば五千の家臣は放逐されまする。今、浪人となった者に再仕官の道はないに等しく、その家族も合わせて万をこえる者が路頭に迷うこととなりましょう」

「……………」

厳しい話に、顕孝も勝熙も黙った。

治憲は固くなった二人の姿を好ましく思った。若いうちから怖れを知っておけば、馬鹿をすることはなくなる。

「ご覧あれ」

三の丸隠居御殿の書院、その襖を治憲は開け放った。

「米沢を囲む山々は美しゅうござる。唐の詩人杜甫《とほ》は、国破れて山河ありと詠《よ》んだといいまする。国とは米沢で言えば上杉家のこと。つまりは、上杉家は滅びても米沢の山河は変わることなくあり続けまする。山河だけではございませぬ。領民たちも同じ。米を作る土地があり、人がいる。それだけで米沢は代を重ねていきまする。上杉が君主であろうとなかろうと」

「藩主は不要と仰せられまするか」

勝熙が訊いた。

「いいえ。あったほうがよいのでございまする。人々が好き勝手に生きていれば、飢饉などがあったときの互助もできませぬ。また、乱世のように土地を巡って戦いが起こるやも知れませぬ。領内をまとめ、緊急に応じる。それをするには、上に立つ者がいなければなりませぬ」

「人々のために藩主はあると」

顕孝が確認するように問うた。

「さようでござる。藩主へ人々が敬意を向けてくださるのは、いざというとき守ってくれると思っているゆえ。いざはなければないにこしたことはございませぬが、そうはいきませぬ。藩主はいつも、万一のことを考え、それに対応できるようにいたさねばならぬのでございまする。金を米を備蓄し、侍を養うのもそのため。決して、藩主が力を見せつけるためではありませぬ」

治憲は締めくくりの言葉を口にした。

「なにとぞ、よき君主として、家臣領民をお慈しみくださいますよう」

深く治憲は頭を下げた。

「心いたしまする」

顕孝、勝熙が応じた。

次代への教育はつつがなく進んだが、米沢藩の財政はなかなか好転しなかった。

後に天明の飢饉と呼ばれる大災害が足を大きく引っ張っていた。

米沢藩も収穫を落としたが、盛岡藩や仙台藩はさらにひどかった。それらの藩領から、喰えなくなって田畑を捨てた棄民たちが流れこみ、米沢を圧迫した。

「なにか手立てはないか」

治広も蔵元逼迫《くらもとひっぱく》を受け、藩士たちの意見を求めたりもしたが、特効薬はなかった。

「もう一度、倹約をしなおさねばならぬ」

寛政三年（一七九一）、治憲の薫陶《くんとう》を受けた治広は決断した。

「再勤を命ず」

治広は治憲の寵臣莅戸九郎兵衛を召しだし、寛政の改革を断行した。

「新しき機運を見せねばなりませぬゆえ、お許し願いたく」

治憲によって押しこめられた竹俣当綱の赦免を治広が願った。

「藩主公の思われるままに」

かつての盟友であった政敵の解放を、治憲は拒まなかった。

竹俣当綱はそのまま世に出ることなく逼塞《ひっそく》したが、息子厚綱《あつつな》は治広に仕え、藩の金策を任されるなど重用された。

重臣たちが代わり、藩政改革も治憲の事績から治広へと書き換えられていく。ときの移ろい、権の虚しさをあらためて感じていた治憲を追い撃つ悲劇が起こった。

藩主世子として江戸へ出ていた実子顕孝が疱瘡《ほうそう》を患い、帰らぬ人となってしまった。

「顕孝……」

すでに次男の寛之助を失っていた治憲は、唯一残った吾が子まで亡くしてしまった。

治憲と豊の方の落胆は大きかった。

だが、二人の哀しみを措いて、藩は動き続ける。急いで顕孝の跡を決めなければならなかった。治広の実子久千代《ひさちよ》は早世しており、上杉は跡継ぎのいない状態にあった。跡継ぎがないことで、上杉家は一度痛い目に遭っている。その愚を繰りかえさないよう、顕孝の死後すぐに治広は上杉の一門畠山を継いだ兄勝熙の嫡男宮松《みやまつ》を、養子にした。

「宮松の傅育《ふいく》をお願いいたしたく」

治広が、新たな世継ぎとなった宮松を治憲へ預けた。

「もう一度子育てをしてくれぬか」

息子に先立たれ、力を落としている豊の方へ、治憲は頼んだ。

「この歳で子育てなど……」

「孫ができたと思えばよい」

首を振る豊の方を強引に口説き落とし、治憲は宮松を引き受けた。

治憲と豊の方は、宮松を間に挟んで、同室で休むほど手をかけて育てた。

夜、宮松が泣けば、夜具のなかで抱きしめてやり、小水を訴えればみずから厠《かわや》へ連れていった。

治憲は顕孝や寛之助にはしてやれなかったことを、宮松にしていた。

宮松と治憲の間には血の繋がりはなかった。しかし、上杉という家を継承する点から考えれば、治広が息子であり、宮松は孫であった。

「幼き子供とは、愛しきものである」

初めて経験する子育てを、治憲は楽しんでいた。

「しかし、撫《な》でさするだけでは、ろくな者にならぬ」

治憲は宮松に勉学をさせた。

「あまり厳しくなされては」

豊の方が宮松をかわいがり、治憲が教え諭すという平穏な日々が過ぎた。

「お目通りも最後であろう」

寛政八年（一七九六）、六十九歳になった細井平洲が治憲に会うため、米沢を訪れた。治憲は城下山上《やまがみ》村まで出向き、平洲を待った。隠居したとはいえ藩侯が一学者を出迎える。破格の待遇であった。

　五十日をこえる滞在中、治憲は一時も平洲の側を離れず、教えを請うた。いつも平洲より一歩引き、師をたてる治憲の姿は、藩士たちの手本となった。

「学成り難し、焦ることなく、ひたすら書を追い、現実を見られよ」

　そう言い残して平洲は治憲に別れを告げた。

　最後の面会から五年、享和《きょうわ》元年（一八〇一）夏、中気を発症した細井平洲が没した。享年七十四。訃報を知った治憲はただただ絶句するのみであった。

　治憲は細井平洲の墓碑に「門人従四位下侍従上杉越前守藤原朝臣治憲」と刻ませ、死後も弟子であり続けるとの意志を表した。

「吾が初めて見て以来、白鷹山は三十有余年変わらぬ形であり続けている。その不変、不動の姿にあやかり、鷹山《ようざん》と号したい」

　享和二年（一八〇二）十一月、治憲は髷《まげ》を止《や》め、総髪となり、名前を鷹山とあらためた。

　その四年後、手塩に掛けて育てた世子宮松が江戸へ出向くことになった。幕府の世子在府の定めに従ったのだ。

「生涯勉学を怠られぬよう」

これを機に元服、定祥《さだよし》と名乗った宮松へ、鷹山は江戸での学問の師として幕府儒官古賀精里を招き、餞《はなむけ》とした。後十一代将軍家斉の一字をもらって斉定《なりさだ》と名乗りを変えた定祥が、治広の娘三姫《みつひめ》と婚姻したときにも鷹山は著作二冊を祝いとし、勉学の要を説いた。

厳しくも深い愛情を受けて育った斉定はこの後も国元へ戻るたびに鷹山のもとへ伺候し、三の丸隠居館で過ごした。

文政《ぶんせい》三年（一八二〇）二月、鷹山七十歳、豊の方八十歳の祝いの宴が隠居館で催された。すでに藩政は斉定の時代となっていた。

「長きつきあいであるな」

「はい」

鷹山と豊の方は微笑みながら酒を酌み交わした。

その翌年、豊の方が死去した。

「先に逝って、子供たちと待っておれ。じきに余も参る」

愛した豊の方を見送って二カ月、力を落とした鷹山が病に倒れた。

「おじいさま」

在国していた斉定の昼夜を問わぬ看病も届かず、三月十二日早朝、鷹山は眠るように死んだ。享年七十二。

元徳院殿聖翁文心大居士の戒名を贈られ、上杉家代々の御廟《ごびょう》へ埋葬された。

鷹山の治世は二十年に満たない短い間だったが、倒れかけていた米沢藩を立て直す端緒を作り、人を育てた功績は大きかった。

鷹山の弟子とも言うべき十一代藩主斉定はよくその遺訓を守り、ついに文政六年、上杉家の借財を完済した。

「為せば成る。為さねば成らぬ何事も。成らぬは人の為さぬなりけり」

鷹山の精神は、その後の米沢藩主に受け継がれ、連合艦隊司令長官山本《やまもと》五十六《いそろく》、アメリカのケネディ大統領にも影響を与えた。

米沢を守った鷹山の眠る墓所には、今も香華が絶えない。

この作品は２０１４年３月徳間書店より刊行されました。

徳間文庫

峠道《とうげみち》 鷹《たか》の見《み》た風景《ふうけい》

2017年2月15日 初刷

著者 上《う》田《え》秀《だ》人《ひでと》
発行者 平野健一
発行所 株式会社徳間書店
東京都港区芝大門二—二—二 〒105—8055
電話 編集〇三(五四〇三)四三四九 販売〇四八(四五一)五九六〇
振替 〇〇一四〇—〇—四四三九二
印刷 凸版印刷株式会社
製本 ナショナル製本協同組合

ISBN978-4-19-894195-6 (乱丁、落丁本はお取りかえいたします)

徳間文庫の好評既刊

上田秀人

禁裏付雅帳三

崩《ほう》落《らく》

書下し

朝廷の弱みを探れ。老中松平定信の密命を帯び、京に赴任した東《とう》城《じょう》鷹《たか》矢《や》。禁《きん》裏《り》付《づき》として公家を監察し隙を窺うが、政争を生《なり》業《わい》にする彼らは一筋縄ではいかず、任務は困難を極めた。一方、幕府の不穏な動きを察知した大納言二《に》条《じょう》治《はる》孝《たか》は、下級公家の娘・温《あつ》子《こ》を鷹矢のもとに送り込み籠《ろう》絡《らく》しようと目《もく》論《ろ》む。主導権を握るのは幕府か朝廷か。両者の暗闘が激化する中、鷹矢に新たな刺客が迫っていた——。